中国乡存丛书

生产队

何永洲 著

广西人民出版社

图书在版编目（CIP）数据

生产队 / 何永洲著. —南宁：广西人民出版社，2022.9
（中国乡存丛书）
ISBN 978-7-219-11378-3

Ⅰ.①生… Ⅱ.①何… Ⅲ.①散文集—中国—当代 Ⅳ.①I267

中国版本图书馆 CIP 数据核字（2022）第 065935 号

SHENGCHANDUI

生产队

何永洲 著

出 版 人　韦鸿学
策　　划　白竹林
执行策划　吴小龙
责任编辑　唐柳娜
责任校对　覃丽婷
装帧设计　刘凛
责任排版　李宗娟

出版发行　广西人民出版社
社　　址　广西南宁市桂春路6号
邮　　编　530021
印　　刷　广西彩丰印务有限公司
开　　本　889mm×1230mm　1/32
印　　张　6.5
字　　数　134千字
版　　次　2022年9月　第1版
印　　次　2022年9月　第1次印刷
书　　号　ISBN 978-7-219-11378-3
定　　价　46.80元

版权所有　翻印必究

生产队记忆（代序）

何永洲

打我记事起，就有生产队。而我的故乡雷公仙生产队位于湖南省永兴县东部，那儿多山多林，有一条叫永乐江的江绕村而过。那儿气温适中，四季分明，自然资源丰富。生产队常年种植稻谷、红薯、苞谷（玉米）、豆类、油茶、茶叶等，但以稻谷为主。那时日子虽过得紧巴，但快乐顺畅，如今我还记得上小学时就会唱的那首歌：

公社是棵常青藤

社员都是藤上的瓜

瓜儿连着藤

藤儿牵着瓜

藤儿越肥瓜越甜

藤儿越壮瓜越大

············

这首歌，我们二十世纪六十年代中期上小学时就会唱了。后来才晓得这是河北音乐家王玉西一九六二年所作，是他的代表作之一。现今重温这首歌，又被不由自主地带到了那年头。

一九五八年底，中共中央要求各地在秋收前后，先把公社的架子搭起来。很快，人民公社就在全国遍地开花，从此改变了几千年来农民一家一户的生产生活方式。人民公社化的生产生活方式，一直延续到一九八三年。这种体制模式，后来被人们称为"大锅饭"或大集体时代。

记得我懵懵懂懂知点世事时，父亲就对我说："你一出生就开始吃生产队的'大锅饭'了。"因为恰逢那一年，我国开始推行"生活集体化"，实行吃饭不付钱的伙食供给制，也就是说生产队办起了公共食堂（一九六一年停办）。这样说来，我算是吃着人民公社的"大锅饭"长大的。

而今虽然脱离"大锅饭"几十年了，但那年头那些人那些事，仍历历在目如同发生在昨日。其实"大锅饭"是对人民公社化时期集体生产和分配方式的形象比喻。因为当时人民公社实行的是"三级所有、队为基础"的经济核算方式。哪"三级"呢？就是人民公社、生产大队、生产队，而生产队是基础。和生产队紧密相关的机构，比如生产大队，既直接隶属于人民公社又直接领导和管理生产队。人民公社所属的学校、卫生院、信用社、供销社（代销点、农药化肥铁木农具等门市部、圩场、饭店等都归供销社管理）、粮站、食品站、兽医站、铁木社（主要制造简易铁木农具如刀斧、锄头、打谷机等，由供销社门市部出售）、企业办等单位和部门，一般业务上由县级相关部门管理，行政上由所在的人民公社管理。这些单位和部门一旦遇上缺员，公社可通过大队推荐，直接从生产队抽调人员弥补（弥补人员在单位称为临时工，依然是拿生产队工分的调工人员）。如果需要扩建办公现场，扩大业务范围，也需公社牵头协调征地和劳力等事物。

而人民公社可根据当地生产生活形势和工作需要，临时调动所辖单位人员集中突破某项工作，完成某项任务。比如，春耕或双抢，可以抽调人员突击支农；遇上洪灾或大旱，可以抽调人员突击抗灾救灾；还有农村识字扫盲任务艰巨，可以协调中小学教师参与；传染病突发时，可以集中医生防治。而生产队与这些单位是什么关系呢？简单地说，生产队交公粮、购粮要找粮站，上缴生猪要找食品站，生猪发病找兽医站，购置农具找铁木社，购买农药、化肥及上缴农副产品找供销社……在此我主要说说我们的生产队，说说生产队时期的那些人、那些事，说说生产队时期社员们的劳动和生活。

生产队作为当时中国农村一个最基层最基本的独立核算单位，麻雀虽小，五脏俱全。按人数多少，一个生产队班子成员一般有八至十二人。当时把生产队领导班子称之为队委会，队委会的组成一般有政治队长、生产队长、副队长（两到三人）、会计、保管员、出纳员、妇女队长、民兵排长、记工员等，有段时间还有贫协主席。规模小、人数少的生产队通常采取兼职形式，如会计兼记工员、副队长兼民兵排长等。

一个生产队的人一般集中居住在一块地方（一个自然村），由数十户农户组成，生产队的成员叫社员。也有些居住密集超百户农户的大型自然村，则分为第一、二、三、四生产队的。无论大小，一个生产队，就如同一个大家庭，而生产队的社员就是这个大家庭中的成员，队长就是这个大家庭中的"家长"。所有的耕地、牲畜、农具等生产资料都归生产队集体所有，由生产队统一安排调度，全体社员在生产队队委会的统一调动下开展生产生活。而社员们的日常生活物资，除了靠在有限的自留地里种点蔬菜，就完全依赖生产队了。生产队每月会按时分发给社员们稻谷，到了秋冬还有红薯、玉米、高粱、黄粟（小米）、豆类等杂粮。每季度或不定期会给社员发一次钱，称为预支。平常社员们临时急用钱，可向生产队支取然后由会计从社员往来账上扣除。逢年过节，生产队会杀一两头猪（春节杀数头），或从集体鱼塘里捞些鱼改善社员生活。基本上能通过集体手段在生活上帮助社员的，生产队都会做。比如，社员们的剃头费、缝衣费、碾米（稻谷加工）费、子女上小学的学费等等，先由生产队统一垫付，到了年终，根据本年度的收成情况及社员们平时劳动所得的工分进行决算分配，统一扣回生产队，"多退少补"，这就叫作年终分配。一个生产队的社员就等于是在一口锅里"搅匀",队里收成好了,"锅"里就丰富些,社员们的日子就好过些。要是歉收,所有人就要勒紧裤带过日子。

那时乡下没有电话,更没有手机,就连钟表也是凤毛麟角,社员每天都是看太阳的影子定开工和收工的时间。比如:早晨天刚亮,队长喊工的哨子响起来了;太阳几竿高了,该回屋吃早饭了;太阳偏西时,该回屋吃中饭了;天黑,该收工了。这也是每天正常的劳动时间,遇上农忙,还要开晚工。当时每家每户都发有一本记工分的小册子,叫《社员劳动手册》,由每个社员自己记录出勤情况,然后定期和生产队记工员核对有无差错。到了年底,就把社员的工分都加起来,用生产队的总收入除以总工分,算出每个工(一般是每十分工算一个工)的价钱,再算出每个家庭应分的钱。

那时候几乎每个生产队都有牲口棚,因为还没有机械化——记得我们公社有一台"东方红"牌中型拖拉机,农闲时拉拉化肥、农药,送送公粮,农忙时下田耕地,但很难普及——牲口是最重要的劳动力,拉犁、拉车、拉磨……我们生产队当时有二十几头耕牛、四五十头猪。养牛养猪的地方叫畜牧场,有专人管理。除此以外,我们生产队还有三口鱼塘、三百多只鸭,养鱼放鸭也有专人。

印象中好像除了饮水什么都得凭票供应。比如:赶集吃碗面条或买个包子,要粮票;到门市部扯块布,要布票。还有棉花票、糖票、油票、肉票、肥皂票、煤油票、化肥票……如果只有钱没有票，是无法购买生活用品的。除了票证，还有这个指标那个指标，比如粮食指标、楠竹指标、木材指标、生猪指标、油茶指标，以及其他农副产品指标……一切都有计划有安排。这些指标有些是上缴指标，有些是完成上缴指标任务后，供给或奖励生产队的购物指标。生产队一得到这些购物指标，就会马上分配给社员去有关部门兑换相关物质。社员们凭生产队分给的"奖励指标"，就可以去有关部门"平价"（低价）购买到计划内的紧缺物资。可是，社员们有时也有难处。比如虽有票证有指标，但家中无钱，票证和指标也就只好送人或丢在抽屉里作废了，因为这些票证和指标都是有使用期限的。那年头购物，有钱没票证和指标不行，而有了票证和指标没钱，也不行。为此，人们就千方百计想弄点能配合票证和指标购物的活钱。

那年头留给我们最深刻的记忆是什么都想吃，吃什么都香甜。最期待的是过年过节或家里来客人，因为只有过年过节或来客人，家里才有点平常难吃到的好东西。尤其是过年，我们孩子期盼的不仅是新衣新鞋新帽子，还有一年才能吃一回的丰盛饭菜。

每每回忆这些，愈回忆愈感动，于是，我就想写一本关于生产队的书。其实，十几年前我就在谋划，很想以文学的方式再现几十年前农村生产队时代的样貌。我是那个年代的亲历者，那些人和事一直在我脑壳里打架，却无从下笔。三年前，我终于悟到一点眉目，决定把全书分为生产队"那人儿""那事儿""那日子"三个部分，客观实在地全面描摹生产队时期的人、事、生活，全方位呈现当年生产队的样貌，意在为后人书写集体记忆。

"那人儿"（生产队的人）记录那个年代生产队不同身份的人的特点，比较集中地反映那段历史的基本面貌。"那事儿"（生产队的事）以写事为主，记录那个年代生产队的事儿，如春种、双抢等，客观体现时代印记。"那日子"（生产队的生活）主要写那年头的衣、食、住、行等，描述当初生产队社员们的生活。

每个时代有属于自己的记忆，生产队时期也一样。对于已迈入花甲之年的我来说，生产队的那些人、那些事、那段时光，尤其难忘。所以，我希望通过这本书，朴素地记下他们——人物、故事、场景、细节。我不慕光华，也无力让它成为经典，只是希望那些在记忆中淡忘了生产队的人们，希望回想起生产队的人们，在看到它时，能如闻其声、如临其境——当那些独特的共同记忆在茫茫脑海中清晰起来，生命仿佛也突然变得完整。

目录

那人儿

"恶队长"	003
瘸保管	012
余会计	020
熊组长	027
小木匠	032
民办教师	040
女油匠	045
罗剃头	051
陈兽医	058
"蠢铁匠"	063
弹花匠	068
豆腐嫂	074

那事儿

派　活　　083

春　种　　088

双　抢　　096

卫生所　　102

知青点　　105

副　业　　110

交公粮　　115

分　配　　118

那日子

穿　戴	129
饮　食	135
住　舍	142
出　行	148
杀年猪	152
赶　集	157
扫　盲	162
听广播	169
戏班子	175
露天电影	180

等了几十年的梦（代后记）　185

那人儿

"恶队长"

好多人不晓得，在中国带"长"的"官员"中，还有"生产队长"这样一个头衔。因为生产队长是中国农村最接地气、最不起眼的"芝麻小官"。而这样一个"芝麻小官"，你说是官又不是官，因为你擦亮眼睛在中国官谱上查找也永远查不到这个名字。生产队长只拿工分不拿工薪，而工分全靠和百姓一样干苦力所得。换句话说，生产队长不仅长年累月不脱产，还要在集体生产劳动中冲在前头。在那年头，生产队长行使着历史赋予的权利。每个生产队少则一百多个人，多则数百人，队长掌管着全队的土地耕种、劳动分工、财物管理、收入分配等与百姓息息相关的事儿。队里社员的吃喝拉撒生老病死等事，都缺不了生产队长。

"县官不如现管。""村看村户看户，社员看干部！"是那年头生产队广为流传的顺口溜。在生产队社员眼里，生产队长却是他们身边的"大官"，其形象是严于律己、大公无私、率先垂范。而生产队长在分内事务安排中，往往会不合少数或个别社员的意，这少数或个别社员虽不如意但又无可奈何。比如说，队里的活儿有轻有重、有脏有累，他分派你往大田里送大粪，你不得不去；他安排你去水稻田里喷洒对身体有伤害的农药，你得无条件执行。又比如，生产队长还要处理队里经常发生的大小矛盾和纠纷，那些公说公有理、婆说婆没错的破事儿闹到队长那儿，队长眼一瞪，脸一唬，各打五十大板后三言两语了结，你不敢违抗。再比如，生产队长还要安排全队一年的生产、粮食的上缴、提留和社员年终的钱粮分配等工作。社员的衣食住行等方面的开支都由队里掌管，平常哪怕你需要五块钱急用，都得由会计开具支条，在支条上盖上你的私章，然后交队长审批，才能拿到钱。逢年过节，你家能分多少食物，能不能分食物，都得经过队长确认。

　　因此，一个生产队搞得好不好，决定因素除生产资料的占有（主要是耕地）等自然条件外，还有个很重要的因素就是是否有一个坚强有力的领导班子，其中，最关键的还是队长。如果队长在做生产计划时周密细致，对劳动力调度有方，在种植等生产安排中不走弯路，能够时时处处出于公心，不贪不占，就会带动这个生产队把生产搞得红红火火。反之，社员就要跟着受累，日子越过越没希望。

　　那么，又该怎样选出一个好队长呢？生产队领导班子成员的产生按规定是由全体社员选举产生，再经过大队审核后报公社正式任命。要当生产队长，必须具备如下基本要素：一，必须大公无私，处事公道，在社员中有很高的威信；二，必须有丰富的农业生产方面的知识；三，必须能吃苦耐劳，在生产中能够起模范带头作用。

一个生产队的人，长期生活劳动在一起，低头不见抬头见，谁的人品、德行如何，社员们都心中有数，从关乎自己及家庭生存、命运的角度考虑，他们也要选出比较优秀的人担任生产队长。要是一个生产队长不称职，或者工作中出现重大失误，社员有权利向大队、公社反映，要求撤换。一般来说，公社领导也会尊重社员们的意愿。其他副职基本上是由生产队长提名，取得社员们的同意，由公社一级组织认定。还有若干名委员，其实就是平时带领大家干活的领工员，这些人必须能"吃一把好苦"，在生产劳动中能够起到带头作用，并且还要有较强的责任心。这些"队干部"全部是不脱产的，也没有任何补助之类的，如同普通社员一样完全凭所挣的工分参加分配。在实际操作中，主要领导如队长、会计等像其他社员那样每天记工分也不现实，他们的工分就采取到年终由班子成员和社员代表进行评定的办法，基本上取的是工分最高的这部分社员中的中间值。

那时，我们生产队的队长名叫何保财，我懂事后知道他是队长时，他已是个五十出头的老队长了。他从初级社干到高级社，又从高级社干到人民公社，一直干到人民公社结束，算是我们生产队的终身队长。虽然社员中有对队班子其他成员不服气，想取而代之的，但没有任何人对我们的老队长表示出任何的不服气。因为他从来不会利用手中的权力为自己及家人谋取任何利益，他的家属和其他亲人照样和社员们一起劳动，该干啥干啥，该挣多少工分就是多少工分。相反，他还要在物质上和精神上为队里的事儿无偿付出。比如队委会开会的地点常常是在他家。因为队干部要研究的事儿又多又具体，会也多，且一开会就是大半夜，别的不谈，单茶叶、开水和煤油灯的油费都是一笔不小的开支，而这笔不小的开支又无处报账，所以其他干部都不愿在自家开会，就只好由何保财扛着。何保财说这都没关系，烦人的是有人还以为他家沾了队上的大光。他妻子听不得闲言碎语，就叽里咕噜心里老不舒坦。何保财说服妻子总是那句话：谁叫你老公是队长呢！

更令何妻烦恼的是，上头来她家住的干部一茬又一茬，家里没清闲过几天。有一回来了个特别的新干部，据说还是那种娇生惯养的城里人。省城来的大干部比不得那种泥腿子公社干部，生活要求就不一样了。这干部要单独占用一间房屋事小，吃饭睡觉难周全事大。这不是一餐两餐、一宿两宿的问题，据说一驻要两到三年呢。干部驻村虽然上头有点伙食补助，但也只是统一规定的那点伙食补助而已，远不及支出的多。队上拿不出一分钱补贴，就算把上头发的那点补助原封不动地搭进去，仍难弥补。但谁让他是队长呢，新干部也只能安排在自己家住。

何保财有一个好脑子、一张好嘴巴。他虽然没有念过一天书，但天生记忆力过人，脑子特别好使，每年去县上开"三干会"或者在公社开什么会，他都能够把会议内容全部记在脑子里，回来原原本本地向社员传达。何保财还是农业生产的行家里手。全生产队的几百亩耕地，哪些地当年该种啥，哪些地该倒茬，哪些地该部（歇），他都计划、安排得井井有条。全队二百余人，百十个劳动力，哪个人适合干啥工作，谁能够在工作中独当一面，谁干活靠不住，他心里都有一本清楚的账。

队长可"恶"。有一回，一个能识几个字的年轻人欺负队长是"文盲"，在向生产队支取现金时，把明明写着"壹拾元"的支条说成是五元，骗取队长审批。队长果然歪歪斜斜有横没竖写了"同意"二字。记账时，会计发现这张支条不是他写的，而且是违规审批。因为按生产队规定只有因病或办大事才能预支十至二十元，而这个年轻人只是买烟抽。队长知情后，立刻取消了这个年轻人一年的预支资格，并在大会小会通报批评这个年轻人。

还有一回，队里一家谁都不敢惹的"逆户"的鸭子糟蹋了队里的庄稼。队长发现后，将这群鸭子按每只五角钱罚了"逆户"四块钱。"逆户"暴跳如雷，气呼呼找队长讨说法。队长理直气壮地摆出了队里的规章制度，"逆户"不得不服了"恶队长"。

在我的记忆中，何保财是那个时代屈指可数的好队长。因为他敢与不良的事儿作斗争，也敢于鼓励好社员中的好事儿。比如谁家全家脱了盲，他拇指一竖说："不错，好样的！"谁家敬老爱幼，和睦相处，他大会小会表扬："好样的，大伙要向他家学习！"谁家爱国家爱集体哪怕只做了一丁点好事，他都挂在嘴上到处宣传……生产队既有惩罚制度，也有奖励制度。比如队里每年要评选"五好社员",每位文盲脱盲,每向集体多缴一头生猪,每按质按量完成好某项生产任务,都有不同程度的奖励。

"恶队长"与我们生产队共进退,也就是说生产队存在多少年,他就当了多少年队长。不仅他自个能洁身自好、长期坚守工作岗位,而且带出了一个作风过硬而稳定的队委会班子。我高中毕业回乡务农的那些年里,我们队领导班子基本上保持了相对的稳定,会计倒是换过几茬,我也曾担任过几年的会计,其他成员基本上没有什么变化。我认为我们队的领导班子当时相对稳定,而且真诚团结、坚强有力,最起码在那样艰苦的自然条件下,带领着生产队的社员一直往前走,使全生产队每一户人家的日子都能够过得去,而且还能够完成上级下达的各种工作任务和生产任务,这与何保财是直接相关的。然而,这样一个记忆中的好队长,我当初为什么曾把他当成恶队长呢?就因为几件不大不小的事。

记得有一回,放学后,我率一帮同伴背起竹篓,挥舞着镰刀,钻进生产队果园里为集体割青肥。突然,我们发现正在果园附近放牛的瘸脚光棍在偷梨。

瘸脚光棍被我们逮住后十分紧张,连看牛的心思都没了,笑嘻嘻地说:"别吱声,每人一个。"正当他从蛇皮袋里摸出梨子发给我们时,我们一齐高喊——"来人啊,有偷梨的!"

山有回音,不见人来。瘸脚光棍趁机而逃。我大吼:"不许动,动就打断你的腿!"我领着同伴像蜂一样边吼边追。瘸脚光棍走不快,一下就被我们追上了。我们抱腿的抱腿,拖手的拖手。

我打开他掉在地上的蛇皮袋一看,是半袋梨子和一捆牵牛备用的棕绳。此刻瘸脚光棍感觉事情闹大了,恼羞成怒,反咬一口,大吼:"老子是来抓贼的!"紧接着夺过我手中的镰刀高举着,脸一唬,眼一瞪:"谁敢乱说乱动,我就砍死谁!"几个胆小的被吓得哭了起来。此刻瘸脚光棍得意地从蛇皮袋里摸出那捆棕绳,第一个把我牢牢地捆在梨树上,剩下的也依次一个个捆起来,就报战功似的跌跌撞撞吆来了队长。

本来就被瘸脚光棍吓得屁滚尿流的我们,见队长率两个民兵来到果园,浑身打战,冷汗直冒。我们完全忘了要申辩,如同败退的战俘,谁也不敢抬头看一眼队长。队长看了看现场,从瘸脚光棍那里核实了我们这帮"战俘"的身份。清一色学生,共九人。

队长伸出粗黑肥厚的手掌,朝我脑门拍两下,说:"你这个无法无天、不知天高地厚的家伙,还想偷梨子呀!等着处罚吧!"

父亲听了我的诉说后,不甘心我无缘无故背上"梨贼"的黑名,在向队长解释后,连夜暗地观察瘸脚光棍的行踪。那夜下着雷雨,父亲仍不肯放弃,最后果真从瘸脚光棍房里当场搜出一个装了东西的蛇皮袋,是半袋梨子……队长知情后,重罚了瘸脚光棍,还在社员大会上表扬了我和我的同伴。

还有一次,队里张叔在集体地里割草时被毒蛇咬伤,全家人急得哭成了一堆。"恶队长"招呼几句地里做活的社员,连夜叫来了做蛇医的亲戚,用命令的口吻对蛇医亲戚说:"你一定要把他治好,钱是我的事!"

一个月以后，张叔能重新下地干活了，于是全家老小七口，提了母鸡和瓶装酒来到"恶队长"家，千恩万谢……

有一年，我爷爷得了重病，全身浮肿，脸色发黑，使本来不太宽裕的家庭变得更艰难了。我父母亲日出而作、日落而归，辛辛苦苦累了一年，到头来，生产队里算账，我家不但账上无余钱，反而超支不少。队长在安排年事的社员大会上宣布：马上就要杀猪给大家分肉过年了，凡超支户半两不给，自谋办法。母亲很有骨气，没等散会就离开了会场。到了杀猪的那天，呜哇呜哇的猪叫声和噼里啪啦的鞭炮声（当地有杀猪时放鞭炮的习俗），让我心里痒痒的，一次又一次高兴地跳起来，嚷着："生产队里杀猪过年啦！有猪肉吃啦！"可母亲的脸热辣辣的，瞧都不往外瞧一眼。她心里盘算着杀了自家唯一的老母鸡凑合着过年，不愿折腰求人。

可杀猪分肉的那天夜里，突听队长敲响了我家的门，队长手提一块猪肉露出少见的微笑说："这是十斤猪肉，我让会计留的机动肉，先过好年吧！"母亲见肉，忙扯起衣角揩拭止不住的泪水……

所以，"恶队长"其实不恶，而是个大公无私、心地善良的好人。如果真要说他恶，也不过是表面上的恶，脾性上的恶，秉公处事坚持原则的那种"恶"，而本质上却是个同情弱势、体贴百姓的好人。在我心目中永远难以抹去的是，生产队长这个不在体制内的芝麻小官，他可以在百人或数百人中发号施令、调兵遣将、吆五喝六、八面威风样子。不过这"八面威风"的样子，也不是任何人都干得了的。当初许多县上来的干部深有体会地说："在县机关能当好县长、局长、科长，而这生产队长却真干不了！"这并非假话，也不是谦虚！我说过，按照当年的标准，队长必须具备以下条件：首先是政治上绝对可靠。其次是身体健康，能吃大苦耐大劳。熟悉农业生产的全过程，特别是掌握农作物的生长习性。什么季节干什么活，什么土质种什么庄稼，什么时候种什么、收什么，都应了如指掌。再就是，队长还应有较强的组织和领导能力，在群众中有较高的威信，为人忠诚实在，处理问题出于公心，不贪占便宜，不任人唯亲。凡事以大局为重，时刻考虑集体利益，并能团结班子其他成员共同奋斗，用百姓的话说是人缘好，有号召力。

但当好一个生产队长，只具备上述条件还远远不够。这是因为，生产队如同一个大家庭，这队长就等于这个大家庭的家长，上百号或几十号人同住在一个庄子里，吃喝拉撒、生老病死、婚丧嫁娶，都要操心费神，且样样都得想在前头，做在前头。比如：那时候我们生产队离县城很远，交通不便，社员家一旦有急事需要用车，找到队长，此时队长就得设法弄车；贫困社员家常缺钱，找到队长，队长恨不得兜里有钱，全都献给对方。就连社员两口子干架，也要队长去弄清楚个是非⋯⋯由此看来，在当初要做好一个合格的生产队长，能够也只能用真心和真情去感染、去凝聚人心，才能得到信服和拥护。

瘸保管

生产队需要保管员，对于保管，最起码的要求是要手脚干净、勤快。保管是管库房的，如果手脚不干净，就容易出问题，为了预防出问题，队里两个保管不能是同一个家族的成员，两个保管各拿一把钥匙，这样保险系数就高了。

保管分食物保管员和现金保管员。现金保管员通常叫出纳员。出纳员主要负责生产队的现金管理，那时队里的现金往来较少，集体的钱存在农村信用社。社员劳动所得的现金收入及其食物应付出的现金，一律通过每家每户的"往来账"体现，待年终分红时统一兑现。而平常的"钱来钱去"一般由"账来账去"所替代，出纳员那儿有一本《社员现金往来账》。社员急需用钱或集体的必要开支，可由出纳员到农村信用社支取现金解决。

我这里想说的是食物保管员。食物保管员主要负责队里食物的分类、除杂、归仓保鲜，以及分发食物时配合会计掌秤。

民以食为天，食物保管员难当。而我们生产队的食物保管员好像更难当，因为他连自己的名字都不会写，且瘸了左腿。他叫王三崽。社员们发现他每做一件事需花比人家多两倍甚至更多的时间和精力。

生产队的粮仓每年夏季就会空下来，等待装新的粮食。夏天说到就到，夏粮说熟就熟。我们雷公仙生产队大部分水田每年必须耕作两季——早稻和晚稻。早稻农历六月初开收，晚稻农历九月初成熟。还有少量地处山脚、谷沟的稻田，终年阳光欠了一些，就只能耕种一季，且是在一年中气温较高的四月种、八月收。在当地称之为中稻。这样一来，单稻谷每年就有三次种、三次收。还有秋粮呢——黄粟啦，苞谷啦，红薯啦，豆类啦。这些农作物一般是春夏季播种，秋头秋尾成熟，种在江岸山冈的旱地里。当地人把这些秋粮一律说成是杂粮，唯有稻米才称主粮。主粮和杂粮都是集体种集体收，都是集体的粮，都要分门别类，都要颗粒归仓。归了集体的仓库，就是王三崽分儿内的事了，这就意味着王三崽除了守仓还兼着仓库管理员。每年收割前，三崽必须将空仓库清理打扫一遍，铲除垃圾，堵实鼠洞，检修门窗，把粮食分门别类，编号列序。单稻谷就有好几种因米性差异而储存方式不同的品种。比如"广优73"米性硬，容易晒干，堆放一号仓；"泰山1号"米性软，水分多，则要多晒一两天后，存放于二号仓。还有"金珠矮""农垦58"……这是主粮，还有杂粮呢，更要分门别类入库，这都是王三崽的事了。

王三崽原是伤了左腿的抗日英雄。土改那年，王三崽带着战功回到家乡,乡亲们打土豪分田地,个个热情高涨热泪盈眶,而眼前又迎来了雷公仙前所未有的抗日英雄,怎不叫人乐透心呢!在乡亲们眼里,王三崽徽章上写着的战功,就等于上头认可了王三崽是英雄,等于全中国认可了王三崽是英雄,等于雷公仙出了个大英雄。这既是王三崽的光荣,也是雷公仙的光荣。王三崽入了党,当了大队贫协主席。经济上,按政策给了他每月二十五元的伤残抚恤金(当时拿国家工资的基层员工每月工资二十七元),还分给他三间刚没收的地主家的青砖瓦屋。大家对他格外尊重和敬仰,辈分高的竖起拇指连连称王三崽"老革命",年龄小的老远就三哥三叔的叫他,连流着清鼻涕的娃儿们都歪着脑壳叫他三伯,叫得比糖还甜。

后来,王三崽又得了一份既轻松又有不错的经济待遇的差事。那天,常驻工作组熊组长找到王三崽,抽出一支粗黑的红星牌水笔,在他那本随身带的、没有胶壳的工作笔记上,认认真真地写了几行字后,十分严肃而慎重地说:"王三崽啊,老革命呀!你于党于国于民有功,现在经群众推荐,工作组审查批准,你正式成为雷公仙生产队粮仓保管员,享受队干部待遇。从今以后呢,请你连人带家搬进仓库,吃在仓库住在仓库,日夜坚守仓库,担负守仓的全责……"王三崽顿觉脑壳一热,这一热,正像孩提时过年穿上新衣裤那一刻的热,正像在某某家门下意外拾到一截未响完的鞭炮一般,激动万分。

那日子,粮仓,是全村人的命根根。它能救活人,也能饿死人。那年头，说集体粮仓是人心所向也不为过。因此，王三崽从内心掂出了粮仓保管员的分量。组织上安排他来做这项有分量有地位的革命工作，当然是经过严格考察的。比如说，王三崽政治上可靠；又比如说，王三崽当过兵打过仗杀过敌，工作上能胜任；再比如说，王三崽于党于国于民有功，老百姓信任。

为了起到震慑心怀不轨者的作用，王三崽自制了一杆土枪。这种土枪，外观和真枪相仿，是一种旧式火器。一米多长，铁木构成枪体。不同的是，它既可以铁弹丸儿上膛，也可以装沙石粒。雷公仙山多林茂，兽鸟成群。社员们常带着大黄狗进山捕猎，上膛的往往是那种铁弹丸儿。而庄稼地里聚满了鸟类，上膛的是沙石粒。无论是铁弹丸还是沙石粒，这种枪都是杀伤力极强的那种，鸟兽中弹必亡。在当地，这种枪称为鸟铳。

然而，王三崽觉得这枪不是鸟铳，是真枪，和他当初打日本兵时用过的枪一模一样。他那双粗黑的大手沿着枪杆枪栓枪托抚抚摸摸、摸摸抚抚，情不自禁地咧着嘴儿笑了——枪，好枪，真枪！他要借这杆枪表达自己守仓的决心。

王三崽不仅要细心地做好守仓的工作，还有更重要的一项，就是岗位监督，现场指挥。这项工作主要是在社员休工、担粮入仓时进行。现场指挥主要是告诉社员将当天收割担来的毛谷，直接送往楼上或楼下已分门别类的仓库，免得混杂无序。这还好办，更复杂的问题是在现场监督。现场监督的主要职责是，督查收割的社员自觉地将各自箩底的谷粒儿倒干净，最好颗粒不留，担着干干净净的空箩筐回家。因为有些人就是不自觉,故意在箩底留些毛谷,用汗衣和草帽掩盖,"偷"弄回家。特别到了夏天双抢季节,农事忙得两头不见天,累得仿佛手脚不是自己的,每天伸手不见五指才担谷回仓。此时正是浑水摸鱼、顺手牵羊的好时机。黑灯瞎火的粮仓,全靠三崽自制的三节头手电筒照明。虽然王三崽一边用"三节头"照着,一边扯起嗓门喊"各位群众请注意!请你们自觉!倒完谷粒把箩筐多拍两掌,把筐底谷粒弄干净再回家,越干净越好!浑水摸鱼'偷'谷回家的,别怪我三崽不客气",但是,一些人不愿跟王三崽讲什么客气不客气,每到此时就在仓内故意闹哄哄,乱作一团。王三崽就有点力不从心,脑壳发胀掌控不住了。

你看,几十个男汉一齐担着刚收割的新鲜稻谷摸黑涌进仓库,怎能不乱成一团呢?!因此,说归说,做归做,他们有的用脱下的汗衣遮了筐底,有的用草帽或汗巾挡住筐底,就这样提心吊胆地护着筐底,藏一斤或几斤毛谷回家,趁夜偷偷磨掉谷壳熬粥吃了。

生产队里的社员们,忙乱中"偷"了粮食,得了点点小利益,乐颠颠的,喜得合不拢嘴,生产劲头仿佛也更足了。其实,王三崽心中也明白,但他不想纵容这种行为。每次毛谷入仓时,王三崽依然会准时站在仓库大门口,边看边喊:"请各位群众注意,今日收割的是'广优73',请放在二号和三号仓库!另外,倒谷时,请将箩筐口倒过来,用巴掌拍打几下,筐底颗粒不留。

这才算是真正的爱集体、爱国家……"入仓的毛谷源源不断,王三崽每天站几个小时,这个体重一百六十多斤的大男子汉因左腿伤痛无力就主要靠右腿站立。一年又一年,一日又一日!腿站痛了,眼看花了,嗓喊哑了。

雷公仙紧张而尴尬的夏打秋收结束了,粮食呢,被稳稳当当地关进了仓库。王三崽算是松了一口气。仓库的所有门锁,只有王三崽和队长何保财各持一圈钥匙,门锁外形有大有小,有内锁外锁明锁暗锁之分。为了开锁方便,全锁需统一编号列序,几十个"对号入座"的钥匙,用一根发亮的铁丝牢牢地圈着,只怕有斤把重。社员取粮时,唯有队长和王三崽各携那圈闪闪发亮,走起路来哗啦哗啦响的钥匙同时到场,才能打开仓门。当然,倘若在特殊时期,集体仓库就会随即进入"特防期"。特防期内,工作队熊组长那儿,会认真地加一把锁,三个钥匙圈,每个仓门上端端正正、威威严严挂着三把锁。而一见到仓门上挂了三把闪闪发光的铁皮锁,群众就心弦一紧,顿觉又到特防期,唯恐发粮不按时。因为雷公仙给社员分口粮是按月的,这个时间,是由贫下中农代表大会讨论,贫协会决定,再报工作组审批的。当时最后审批的结果是,将每月农历二十八日定为雷公仙生产队分粮日。

又一个春天来了。南方的春天,本该是万物蓬勃、令人陶醉的春天,本该是漫山遍野花草芳香、精神爽快的春天,可同在南方的雷公仙的人,却感受不到春天的气息,仍是愁眉苦脸,度日如年。因为这是一年中农事最忙的时候,也是村人对仓库欲望最强烈的时候。按惯例，仓库早该进入守仓库的"特防期"了。

就在这个春天的一天夜里，天空被阴雨蒙得黑黢黢的，没有星星，没有月亮。生产队的扫盲识字教师陈兰妹，照常在扫盲学校上课。她在教完几个字后，已是夜里十一点多钟了。目不识丁的王三崽也参加了学习。待下课其他"学员"走完后，王三崽作为最后一个突然叫陈兰妹留下了。

王三崽对陈兰妹说了句"有事！"便随手摆弄一条单人坐的小木椅，示意陈兰妹先坐下，然后自个儿探头望了望一团漆黑的四周，看人走光了，王三崽悄悄从衣袋里掏出了一个鼓鼓的牛皮纸信封，信封里是一封长达四页纸的信。信是二十年前当兵时一个同排同班的战友写来的。王三崽收到此信后十分惊喜，但苦于没文化无法回信。经人指点请求夜校教师陈兰妹义务为其回信。

可万万没想到的是，陈兰妹虽满口答应，却向王三崽提出了另一请求，要求王三崽利用工作之便给陈兰妹两担壮实谷，补贴家用。这个春天真漫长，缺粮让人口众多的陈兰妹家确实陷入了困境。她老公余番贵到三十里外的亲戚家借粮好几天没回，还不知有没有收获呢。

这突如其来的要求让三崽慌了神。但三崽牙一咬心一横，想：这个陈兰妹，真不识抬举。肚里装了几点墨水，当了个扫盲老师，就敢在我面前讨价还价，把私人的事扯到公家。于是，陈兰妹要挟三崽从公家仓库里给她"两担壮实谷"的条件，最终遭到了拒绝。而陈兰妹话已说出事没办成，内心对王三崽产生了怨恨。

　　王三崽守仓的事迹又何止这些……他每天查谷看守仓，虽没有那么惊天动地，也不是那么耀眼，但是正是千百个这样普通又鲜活、平凡而伟大的人物筑起了当初"大国粮仓"最牢固的基石。

　　多年以后，白发苍苍的王三崽忆起守仓的事，内心仍充满着骄傲和自豪。

余会计

对于生产队而言,会计是一个重要角色,不但人品要好,能够"一碗水端平",还要有一定的文化水平。

我们生产队的会计叫余耕农,我们习惯称他为耕农哥。他虽只念过四年半小学,但在我们生产队里,算是文化人了,社员们就选他当了会计。谁料这会计一当就是二十年,成了当地有名的资深会计。耕农哥自小聪慧,学什么都蛮虚心蛮投入,学什么会什么,他肚子里装着的远远超过小学文化水平。他平常那诙谐的言谈,妙语连珠似的排比,押韵的撩人之语,让人特别起敬。加之他为人低调,不议人、不烦人、不惹人,还有张嘴一笑,那口珍珠般的皓齿,给人一种美妙的亲和感。他为人诚恳,处事公道,在生产队人缘好。

他人缘好,还因为他人勤快,肯帮人,办事不厌其烦,态度和顺。大集体时期的生产队会计主要职责是负责队里的财务管理工作,定期做好社员的收支核算和队里年终分红决算,是生产队的重要人物，也是很平凡的人物，平凡得除了生产队社员以外没有其他人知道他是生产队会计。谁家想向生产队支取现金急用，得先请他开具支条；谁家想在集体山上砍伐几根杉木打家具，要他代写"伐木申请"；谁家生猪长熟待宰了，要他写个"批宰申请"；谁家儿女谈定了对象，要他开出"结婚证明"……生产队生产生活中的各种制度、协议、合同的拟写都出自耕农哥之手，好像耕农哥既是生产队会计，又是生产队秘书。

除此以外，村头路边，田野山冈，常常见到耕农哥的毛笔字。比如，"除四害，灭蚊蝇""此山严禁挖笋，违者罚款五元""鸡鸭下田损庄稼，每只罚款五角"……耕农哥的毛笔字虽东倒西歪不成风格，甚至还有错别字，但社员们见了个个都很当回事儿，生怕破了规矩。吊诡的是，耕农哥那几个有头无脚的毛笔字在生产队还很金贵。谁家办喜、办丧，都会请耕农哥去写两下。春节差老远，求他写对联的人就开始排队了。

会计事多事杂责任重，因为他是生产队这个大家庭里的内当家，这个大家庭成员们的生老病死、吃喝拉撒他都得管。社员们劳动所得的工分变食物，食物变钱，都得经他的手核算到户，连分发实物时耕农哥都必须在场。会计最忙的是年终决算，每到年终决算耕农哥就会请我去帮忙，当然我只是帮着抄抄写写、填填表格。我不会打算盘，正好想拜耕农哥为师（他打算盘又快又准），因此也十分乐意去帮忙。

后来我和耕农哥交流多了，感觉他似乎是全队最忙的人，又是十分厚道的人。我喜欢耕农哥，耕农哥也喜欢我，忙不开时，耕农哥都会把我叫去打下手。给社员们分发实物就是分发劳动果实，我觉得是一种令人喜悦的享受。最有趣的当是生产队分烂红薯和癞子玉米棒了。社员们早早带了旧箩破筐，争先恐后站在粮仓门前，等待会计叫名字。社员们毫不嫌弃烂红薯，也没谁嫌弃癞子玉米棒。他们心底都清楚烂红薯是因为农业丰收抢夺时间，夜半三更突击挖红薯无意弄烂的。癞子玉米棒是因为久旱无雨造成的，谁都能理解，老百姓通情达理，只要秤杆翘起斤两不少，就得了。

有一回，又到分粮的日子，耕农哥却累得生病住院了，队长急得直跺脚，就想临时指派一名代理会计。那时队里没几个有文化的，队长就急中生智，把目标瞄准了我们这些在校学生。队长临时指派我代理会计分粮，任务是按照分粮花名册，叫喊被分粮人的名字。

分粮时，前来的人挤满了一屋，七嘴八舌满屋像开圩，得扯起喉咙大呼对方才能听到。呼来喊去喊得我口干舌燥、满脸通红、汗流浃背。因为正是暑假期间，天干气燥更令我紧张，紧张中我脱口大呼错把满山爷喊成了满姗姐，随即两个满山（姗）回应"到"，在场的人哄堂大笑。满山爷说，按顺序该轮到他了，因为前面呼了王五，他在其后。而满姗姐说，会计明明是叫"满姗姐"啊，你听错了吧！屋内又哄堂大笑。我说大伙别笑了，这个会计那么难当，下回我不当了！从那次的经历，我知道耕农哥工作的不易。

耕农哥不仅是会计,还兼着生产队的记工员。生产队通常工多事杂,山林田间地点不同,"中耕追肥,架桥筑路",工种各异,人的公心与私心也参差不齐,这就要求记工员眼观六路、耳听八方,既要有洞察力,又要有记忆力,还要有判断力。力求准确,公家私人互不相亏。

生产队仓库前的晒谷坪,除了开社员大会,最热闹的是夜里记工分。特别是夏秋的夜晚,仓库前会早早地支起一盏昏黄的电灯,灯下放着一张小八仙桌子,到场最早的是耕农哥。那年头,生产队每年会发给社员人手一个小本本,规范铅印的那种,叫《社员劳动手册》。社员做什么事情,做了多长时间,值多少工分,手册上都有记载。夜饭后,社员们会一手拿着《社员劳动手册》,一手捏着一把小蒲扇,三五成群陆续来到仓库晒场上。

不一会儿,人群前后左右簇拥着耕农哥,争相递着《社员劳动手册》,逐一向耕农哥报上几天的劳动情况,因为《社员劳动手册》上记载着日期。记录得经耕农哥审核后签上名才算有效,才能作为年终分红决算的依据。在此顺便说一下,那时生产队一般会将一天劳动时间分成三段,大约是六至九点,十至十四点,十五点半至天黑。为便于工分核算,年终分红时要折成整天。即三个早工时段可算一整天,上午或下午可分别算半天,两个半天算一天。

在这里需要说明一下,社员们各自把《社员劳动手册》拿给耕农哥审核签名之前，自个是怎样记下自己的工日或工分情况的。原来社员们的手册必须本人一天一天地记，而耕农哥审核签名可十天或半个月做一次。为此社员们每天夜里吃过晚饭之后，就在煤油灯下详细记录下自己一天的出工内容。是定额的，记下定额数和自己实际完成的量（白天出工时队长会宣布定额数，收工时队长会计量你的完成量）。是大寨工（也叫活工）的，记下出工的内容（在什么地方做什么事），这是自己记工。另外，队上的记工员有专门的记工账本，所有有底分的劳力每人每月一页，队长会在晚上安排完之后把内容告诉记工员详细记录，这是队上记工。有记工，就需要"对工"，即记工员与劳力进行核对。每隔十天半个月集中对工。对工时，如果是定额的，劳力自己报上当时队长定的定额数和队长计量的完成量，记工员就据此记上你的工分数。比如，我自己的记工本记着"七月八日，割草，一百斤一个工，割一百五十斤"，而记工员的账本上只记了"七月八日，割草"，并没有数量和定额量。在你报上定额量和数量之后，他就会记上：工分十五分。如果是大寨工，记工员就会按你的底分给你记上工分，比如：七月九日，棉花打药，大寨工。然后记工员会告诉你：记十分。你自己就在自己的记工本上记下十分。记工难免有差错，有时记工员记了，自己没有记，自己就补上，有时自己记了，记工员没有记，记工员就补上。反正最近十天半个月的事，大伙心里清楚。这样一天一天地对下来，从出工内容到实得工分数量都一致就行了。因此，对工实际是一个劳力与记工员相互补充的过程。当时劳力和记工员也互相信任。记工员从来没有怀疑过劳力自己记工的不实,劳力也从来没有怀疑过记工员帮自己少记、帮别人多记。在我的记忆里,没有出现过或者听说过因为对工、记工出现纠纷的。

山村朴实,山名更朴实。像我们生产队的油榨冲、羊角坳、雷公仙、春火坪、坳花岭、万年则等山名,朴实得不能再朴实了。这些山名,在我心底熟得生了根。而那些父老乡亲的名字呢,更是朴实,这"松"那"狗",这"朵"那"桃"的。那阵子,我们生产队长目不识丁,凡笔墨落纸的事儿就靠着耕农哥这个"文化人"了。日头落山时,耕农哥就极负责地随意蹲在地角山腰,从黄卡其中山装的上衣袋里抽出其中一支水笔——永久牌黑水笔,当天的活儿当天记。于是后生们就将他围堵得密不透风,左一句耕农哥右一句耕农哥,喊着别忘了我爷爷的名字、快把我爸妈写上,耕农就一一点头。但他写字极慢,特费力,不一会儿,汗珠子就蚯蚓般地接二连三从鼻梁、从脸颊、脸腮徐徐下滑。好些字耕农没见过,常将雷公仙写成"泥公山",油榨冲写成"牛杀中",还将他嫂子刘满桃写成"刘慢逃"。耕农哥埋怨,夜校老师为何不教教这些用得着的山名人名呢?!

耕农哥虽识字少文化低,但善良、人缘好。社员们心中有话儿都愿跟他说,不仅跟他说,还请他代笔,连写情书这样的事都托上了他。队里有位姓王的中年男人,妻子离世好些年了,王大叔携着两个小孩实在熬不过。经人介绍看上了隔壁公社的刘寡妇,那时男女谈情说爱比任何事都保守，即使过来人也难以启齿，王大叔就求耕农哥为他代笔写封情书，向对方表达一下自己内心的想法。

王大叔口述耕农哥写。写着写着，问题就来了。"寡"字耕农哥只知下面有把"刀"，"嫂"字印象中左边有个"女"字，但耕农哥怎么也写不全。怎么办呢，只能先用"瓜"和"扫"代替。好在最后也没有影响王大叔向刘寡妇表达心意。

耕农哥就是这样，为人和善，有求必应，大公无私，工作特别负责，是个有口皆碑、值得信赖的好干部。

熊组长

熊组长名唤熊大山，是雷公仙的驻村干部，身份是县人民医院的骨干医生。而我们雷公仙，是县卫生局联系基层、长期扶农帮农的"老点"。

雷公仙离当地政府所在地遥远，偏僻，且地理位置特殊，是县边界之地，也是全县唯一向外界直通水路之地。这里山高林密，物产丰富，曾被省有关部门认定为全省重要林区和重要产煤区。在这里，大船小舟川流不息，绕村而过的永乐江，成了此地竹木和煤炭的交易通道。因此，外面的人进来，里面的人出去，沿江上下，方便至极。一来二去，永乐江畔的雷公仙，外嫁内娶，和外界交亲结友就多了。

随着雷公仙和外部的交流愈来愈多，引进的东西愈来愈多，奇闻怪事，七病八毒也时有发生。为此，县里就决定，让县卫生局派人长期"坐镇"雷公仙，整治奇病怪毒。县卫生局发现，这儿病毒多，妇科相关的病尤其多。为此，上头就派县人民医院骨干医生熊大山长驻雷公仙。因为熊大山是学妇科专业的,在长期临床实践中积累了丰富的治疗经验。再说,他家世代为农,他曾做过农活和乡村医生,人高马大体力强,吃得苦。

驻村的"干部"真"粗鲁",一大碗粥,外加两个熟红薯,没一锅烟工夫就吃了个精光。社员们会做的事,他们都会做。社员们能吃的苦,他们都能吃。他们戴草帽、穿布衣,频频出现在田间地头、农家院落,与群众同吃同住同劳动,一身汗水一身泥,成为生产队常见的一道风景。我记忆中的熊组长也是这个样子。不同的是,他是医生,是个特殊的工作队员和工作组长,上头不仅要求他做好驻村的日常工作,还要求他发挥其专业特长,为群众解决实际困难。

熊组长性情火暴,虎背熊腰,说话声音高得像打雷。一生气,六亲不认,眉间那颗醒目的朱砂痣就随着"雷火"的照映,更添异彩,让人畏惧三分。其实,熊大山头一回下村蹲点那年才三十出头,这火暴脾性与他的年龄有关,但他那满面挨挨挤挤的髯须,时常长长黑黑的没时间剃去,给人一种老气横秋的成熟感,像个长者,所以大伙称他熊胡子或干脆叫老熊。

老熊下到雷公仙的第一天,就开始"打雷"了。那天恰逢温室小苗移莳早稻,队长让他先休息两天,在村中随便转转了解熟悉情况后,再到田间去。老熊哪里依,裤脚一卷就下了田。他按上级指示精神左叮右嘱,手把手教社员们注意合理密植,在合理密植的基础上又特别强调一个"密"字。他在田里转了一圈,再回头督查时，发现其中一个社员秧苗仍旧插得太稀，被激怒了。他双手叉腰，往近处田埂一站，脸上横肉一鼓，眼睛一瞪，晴转阴，阴转晴，像下雨，打雷了。大伙红着脸弓着背莳田，谁也不敢抬头，连粗气都不敢出，各自小心合理密植。那个"插得太稀"的社员以为老熊初来乍到会原谅一回，谁料老熊眼瞪得比牛眼还大了，社员很快被叫上岸。老熊对他又是一顿批评，也算杀鸡儆猴了。

真可谓新官上任三把火啊！老熊的第一把火烧得猛，对往后抓革命促生产开了个好头。

有一次老熊上公社开会去了，大伙就想趁机光顾一下自留地，或除草，或施肥，或偷偷摸摸地做点其他的。直到听说老熊回来了，才统统"丢盔弃甲"落荒而逃，如被追赶的鸟兽一般，各自跑到集体地里做活去了。

上级派熊组长来蹲点，还有一项非常重要而艰巨的任务，就是雷公仙合作医疗站试点创办，总结经验在全县推广。熊组长雄心勃勃，与群众"三同"（同吃、同住、同劳动）。但由于这里交通闭塞，经济落后，是全县最贫困的地方，宣传、发动、组织，熊组长花去不少时间和精力，终于让群众明白了合作医疗的优越性，且很快筹集到创办基金五千多元。还制定了合作医疗管理章程，成立了大队卫生革命领导小组。推荐两名老保健员（其中一名是接生员）出身的赤脚医生分别去公社卫生院和县卫生局进行业务培训，回来后安排在新开办的合作医疗站工作。医疗站设中草药柜、西药柜和计划生育指导室。医疗站刚成立时，记得有一天上午，山后有位七十一岁的老人因感冒发烧引发肺炎，赤脚医生朱清富和曹香球上午和下午轮流上门用三叶青等为其治疗四天，老人病愈。桐树湾一个孕妇深夜临产，女赤脚医生曹香球二话没说，出诊接生。当初的合作医疗站在熊组长的直接领导和组织下，赤脚医生以白求恩为榜样，弘扬救死扶伤的精神，主动、热情为群众治病，群众称赞医疗室是"小医院"和"救命站"。熊组长创办合作医疗站的经验在全县推广后，一年内，助推全县实现了合作医疗"一片红"，全县农村基本普及了合作医疗。

熊组长在成功创办合作医疗站的同时，还为不少群众除疾解难。本村产妇杨金花，产后患上关节病，四肢活动受限，活动时疼痛剧烈。在上级医院治疗一段时间后，疗效不明显，加上经济困难，只好放弃治疗。回家后杨金花不能活动只能整天卧床，加之营养不良无奶水，只好将几十天大的婴儿托付给姑妈代养。杨金花丈夫束手无策十分着急，如果治不好妻子的病，家庭将会变成怎样真是不敢想象。熊组长知情后，通过和病人沟通并将其送县人民医院检查，经过两个多月的精心治疗，患者得以康复。

七十六岁的老党员何成路因高血压引发脑梗卧床已近四年不能下地，生活不能自理，家里只有一个未成家的儿子。其需常年服药，却又缺乏科学饮食调理，消化系统疾病时常发生。熊组长知情后，隔三岔五上门指导怎样调理饮食，减轻患者痛苦。何成路家庭经济比较困难，熊组长就安排合作医疗站免费发给其适合的药。有一次何成路突然剧烈腹痛,熊组长初步诊查是阑尾炎。那时乡下没电话,熊组长就叫上几个社员,用长竹椅抬送何成路至公社卫生院动手术,因送诊及时未发生并发症且术后恢复较快。

作为工作组长,作为医生,熊组长没有上班和下班的区别,也没有工作日和休息日的概念。只要有需要,无论什么时候他都会背起药箱匆匆出诊,因为他知道,在路的那一头,是需要治疗的身体,是需要安慰的心。

一天夜里,村民陈海娥的小外孙女突发高烧,哭闹不止,心急如焚的陈海娥找到了熊组长。熊组长急忙穿衣起床,打着手电、背起药箱,火急火燎地往患者家里赶。了解患者病情,给患者用了药,熊组长就睡在患者家中守着,直到患者退了烧,才嘱咐家长第二天到卫生室复查,这才安心回屋。

其实,熊组长哪有屋,他住的是生产队老仓库兼办公室。所以,乡亲们都说:"老仓里住着个好干部、好医生!"

小木匠

一堆长长短短的原木，要做成适用的木器，先要按家具尺寸截断，这是锯工；用墨斗弹线物尽其用，这是心工；板斧在手，沿墨线将原木砍斫得方方正正，这是最见木匠功底的斧工；在方木上凿出卯榫，还要严丝合缝，这是凿工；将木面刨光水平如镜，这是刨工……这就是木匠。木匠算不得手艺中的大工大匠，却传承了祖祖辈辈的工匠精神。

小时候，我们熟悉的木匠是村里打家具的。农家睡的床、装衣的柜、木水桶、木锅盖、木澡盆、木箱、桌椅板凳等，都是家家需要的木器，而木器需要木匠做。记得那时木匠先由雇家恭请，然后才上门。上门做木工时，一般吃住在雇主家。而雇主家总会搞点好酒好菜，把木匠当贵客款待。

木匠的工具主要有锯斧凿刨尺，要用扁担晃悠悠地挑来。木匠师傅到了雇主家后，会把所有的工具靠到墙脚成一排待用，工具摆在那儿寒光闪闪的，让你想到冷兵器时代。可它们又不是摆设，个个都得上阵。锯斧凿刨尺上阵次数最多，看到那些工具你就知道学木匠的不易。做木工蛮复杂，而且农家木制器物很多，不能面面俱到。有专攻起屋架桥的，有善做牙花床的，有精通桌凳的，也有专事木桶类的。一般学木匠要三整年才能出师，愚笨的徒弟三年五载都出不了师。

木匠做木工时，第一道工序是取材下线。就是量材为用，根据木料材质、粗细、长短、曲直，看它是适合做腿做面，还是做挡做榫，都要在心里有盘算，就似画家的胸有成竹。比如杉树适合做面，松树适合做腿，樟树适合做木箱……好的木匠物尽其用，决不废料，能帮主人家多打很多物件。

下线的工具是墨斗。它简直就是一个玩具，圆肚子里装满浸透墨水的棉絮麻线，抽出一根线头固定在一个锥子上，拉出，锥子扎进木料另一端，用手轻轻拉住墨线一弹，啪的一声就成了一条所需要的标准线。墨线弹完，就大刀阔斧，木片飞蹦，这一面雏形初具，再砍另一面。接下来最见斧工：沿墨线笔直砍下，平整得像方片糕，笔直得像直尺。在没有电锯的时代，斧工是学木匠的基础。

砍出来的都是家具的腿、面，后面主要靠锯和刨。最粗的杉树做面，越粗的杉树面越宽，也越省工。截成段的杉木（晾干的）用墨线画出厚度分割线，固定到大树上，开始拉大锯。拉大据需两个人一拉一扯，你来我往之间，锯子沿着墨线"呼哧呼哧"而下，锯末也随之流淌出来。锯木板像撕方片糕一样，一片一片揭。

　　锯下的木板崭新崭新的，只是毛毛糙糙的需要刨光。刨子有宽宽窄窄、长长短短许多件，成一套，都长着两个羊角样的弯弯的耳朵，用以手握。它们各有不同用途，其中的讲究我就不清楚啦。刨子像生产刨花的机器，刨子走过，"浪花"朵朵。一会儿的工夫，木匠就漂浮在这些"浪花"上啦。刨花是最好的引火材料。刨光后的木板，光洁得像一张张白纸，树木的纹理清清楚楚，显出一种曲线的图案美。

　　一个桌面或柜面，一块板是不够宽的，板面与板面之间就需要内在拼接，外面看着似铁板一块。技巧是在木板侧面，用钻钻出孔，再用竹钉穿孔对接。竹钉是用竹子做成的，像牙签，但比牙签粗得多。它耐水耐锈，在没有强力胶的时代，它就是最好的"黏合剂"，而且不会脱胶。

　　家具构架成型全靠卯榫，少数地方用铁钉。凿出卯榫，然后卯榫对接，盆桶箱柜，桌椅板凳就在拼拼打打之中诞生了。日子刚刚好起来，乡下脑壳灵的手艺人就不分地界走南闯北，各献其艺。那年头农家所需家具（木器）都出自个体木匠之手，而家具（木器）样式都是千篇一律的传统模式。手艺也是代代相传。而这种个体木匠几乎村村都有，谁家需要打家具，就得付钱（每天一元五角到两元五角）管饭恭请他们。

　　那天，一个小木匠担着家伙沿着蛇样的山道，进了雷公仙。他爬上半山腰时，已是气喘吁吁、汗淋淋的了。好在终于见到了村子。放了担，歇一刻，再进村。苦是苦了点，可小木匠心情极好。心情极好是因为这地方连绵起伏漫山密林，山上有山，山外有山，真可谓山连山，林叠林。一路上，一蓬一蓬的绿，好些叫不上名字的怪树怪草，开放着黄、蓝、白、红、紫说不出味儿的那种五颜六色的花。几丈高的松树、杉树、樟树粗壮的枝叶罩在这些花花草草的上方，形成一团团晃动的阴影。

小木匠就把茂密的林木同自己的职业联系起来，兴致勃勃地进了村，扯着嗓子满村转了几转。可意想不到的是另一番情景，家家户户虽然明摆着一堆一堆长长短短的木料，有三两户闭着门敲敲打打，却冷冷清清无人搭理他。正当小木匠悻悻欲离时，住在村尾的一位中年妇女伸出头来喊道：

"小师傅呃，打家具？"

"打呃！"小木匠兴奋地被妇女领进了屋。

"嫂子打的何样家具？"小木匠放了担子热切地问。

"打样高衣柜，急用呢！"妇人递来一碗热茶。

小木匠边喝茶边举目扫视妇人的家当，缺椅少凳的，觉得奇怪，就关切地说："嫂子住的林子窝窝，有的是料木，何不多打两样？"

"早想多打两样，可嫂子没钱哩！"接着妇人就向小木匠介绍了村里的情况。生产队有六十多户烟灶二百多口人，人均十八亩山地全是成林。树是多，就是难变钱，通向山外的茅草道儿足有十六里，卖个林木什么的，全靠肩扛背驮。难啊，扛就扛，驮就驮，可就这点唯一的经济来源啊！水田呢，人均三分少得可怜，就这点可怜的水田也无法充分利用，长年作单季，阳光不足，山里人叫作"半日晒"。气温本就低，供水靠山泉，多为低产"冷水田"。遇上旱年，泉眼变小，田泥翻白，收成无几，肚皮难填。

此时此刻，嫂子的眼圈红了，嫂子长叹一声就想哭。原来嫂子姓田，叫田秀英，三十五岁，有个九岁的女儿正在联校读书。两年前丈夫伐木时被山蛇咬死了。因此，她家没男人做木活，眼睁睁瞪着一山的原木，连衣裤也没柜子装。小木匠听了田嫂的介绍，内心就生出几分同情来，就暗下决心为田嫂做个好衣柜。

其实，小木匠不小，论年纪，现年三十八岁，论技术，能雕得一手好花，特别擅长做牙花床，匠心独具，远近闻名。他叫郭生文，木工手艺是祖传的，几十年来，在他老家湘西那一片儿，一提起那位做牙花床的郭家木匠，没有谁不竖大拇指的。谁家有儿女到谈婚论嫁年龄的，就早早备足了木料恭请郭师傅献艺，生怕到时候轮不上给新人做家具。本地有聪明伶俐的后生，就千方百计接近郭家，以期能学个一技之长。其实这是枉然，郭师傅的父亲早就在自己六个男孩中选了郭生文为接班人，因为郭生文在几兄弟中最聪明，文化最高，又最虚心好学。出师后，郭生文遵照父亲嘱咐，每到一处十分谦虚，只让人叫他小木匠就行。现在他来到这个离家有数百里而十分闭塞的山窝窝，遇到这种情况还是头一回，这里谁也不知道他姓郭，谁也不知道他年纪轻轻有这样一手好技术，谁也不知晓他会做牙花床。而这里全村几十户人家，除了几户老弱病残的五保户，谁家也不缺家具，但谁家都拿不出一件像样的家具，只有老队长家有一铺不知哪个年代的古典牙花床，成了山里人久日盼望的象征。当地人和一些外地人悄悄地先后出过高价想弄到这铺牙花床，可老队长就是不依，他说现在就很难找到这样的木匠和这样的床。

老队长家的牙花床床宽三尺，高二尺，床顶高过人头，床体结构复杂，两头分别连带着精制的小床头柜，床板底下还并排同样大小的四个抽屉，抽屉拉手是粒漂亮的铜瓜子，最值钱的是靠着床顶，差不多占了床面空间三分之一，重叠着的三层圈花板，圈花板上花样活泛，二龙戏珠、鸳鸯点水、长命富贵各色各样叫人眼花缭乱，每幅画里隐含着许多故事。除了床脚和花板，都是用樟树制作，整个床体均用杉木构成。

田嫂问郭师傅会不会做老队长家里那号床，郭生文一脸灿烂轻快地点点头。郭师傅随父同做这样的床成百上千，正好露上一手。

半个月后，田嫂家中摆了两样精美的家具，一个高衣柜，一铺牙花床。高衣柜门上雕了千日红、百荷花，牙花床的三块圈花板上，龙在戏水，凤凰在嬉戏，喜鹊在唱歌，金鸡在报晓，少妇春心荡漾，野菊花、杜鹃花交错开放，图案典雅古朴，栩栩如生。这比老队长的那铺牙花床精致多了，全村人将田嫂家围得水泄不通，就像赏国宝，异口同声啧啧称羡：这小师傅真还有点名堂，何止是木匠，就像一位神秘的花匠。大伙由好奇到想看，由想看到想做，都问田嫂这师傅是哪儿请来的，做床架用了多少日工，付了多少工钱。然后是评论，有的说这样的新床一辈子没看过，有的说一辈子没睡过，有的说连想都没想过。大伙就细心地把这床与老队长那床一一对照，从床顶到床脚，从床头到床尾，到床边、床柱再到床板，最后仔仔细细分析了三块圈花板上图案的深刻含义。现在两样东西立在眼前，大家越看越想看，越看越喜欢，都说这小师傅心灵手巧太聪明，做出的东西眼是眼，鼻是鼻，越看越上相，就不约而同各自暗下决心，无论花多少钱首先做铺牙花床。

于是，田嫂小屋里差不多要挤倒屋墙了，人们争相拉着郭师傅的左右手，都说先到他家去做，你推我拉弄得郭师傅十分尴尬，满脸通红，到底先做谁家呢？队长说，做床的事，党小组、队委会先研究，再开个群众大会好好讨论。

晚上，村民大会在公厅里召开，老队长先让会计宣布了做床架的先后顺序，全村共六十五户就有五十九户要做床架的。当然结巴排第一号，队长五十九号。接着队长宣布了党小组、队委会研究的依据主要是如下几条原则：

第一，年龄大的先做，年龄小的后做；第二，男孩多的家庭先做，女孩多的后做；第三，一般群众的先做，党员干部后做；第四，凡做床架所用木材，由生产队按每人半个立方米（单人单户的一立方米）统一打申请报告由政府审批。

牙花床会议开了，全村人心也定了，大伙有的上山砍树，有的收拾自家历年积蓄的木材。好在适逢春末夏初，砍得快，干得快，就没影响师傅做事。

问题的关键是，多数家庭树也砍了，床也做了，新床也睡了，可就是睡不着，因为缺钱，木工工钱哪里找，心中没底儿。山上的金银花、野菊花、野茶叶、山药、山果子，该采的采了，该挖的挖了，干干湿湿大箩小筐，能卖钱的全部弄光了，家里鸡蛋、五谷杂粮什么的全部凑上，清了柜底洗了仓，算来算去还差一大截。不少村民还有两三年的林业特产税未缴呢，其原因一是没钱，二是喊了好多年的山路没通。叫人们意想不到的是，小木匠也知道山路没通，木材难卖，就十分同情地说：牙花床工钱暂不收，红包更别提了，就等明年修路他再来买点林木抵工钱吧。群众感动了，小木匠走时不少村人用手帕包了鸡蛋，用蛇皮袋装了土特产什么的，一路拥着他，一路擦着眼泪送到山外。走在最前面的那个给郭师傅挑担的是歪脑，歪脑坚持要亲自把郭师傅送到家。

那时木匠走村串巷，人是流动的，并不是每个生产队都有木匠。如今有了大型家具厂，技术先进样式新颖，用户只向家具店择购就行。

民办教师

新中国成立后，教育事业飞速发展，农村陆续办起了小学，农村小学不仅承担着适龄儿童的教育工作，还承担着教农民识字的任务。国家百废待兴，财力有限，公办教师数量不够，遂产生了民办教师。

民办教师产生于二十世纪五十年代，在农民眼里民办教师是教师，在公办教师眼里民办教师是农民。因为公办教师是由国家支付工资，吃商品粮；民办教师是由生产队记工分，年终分红，国家只有一点生活补贴，他们和当地社员一样在生产队分粮分钱。民办教师和公办教师共同在公办学校工作。当时，在我们那儿，给民办教师的补贴最开始是每月四元，二十世纪七十年代中期为每月五到七元，一九八二年后为每月十七元五角。民办教师一般在本村工作，本乡少有调动。包产到户后，民办教师在村里分口粮田，在队里不再分粮，乡里每月从教育附加费拨付工资给他们。（由乡里向农民收的一项费用作为教育资金，不算税收。）每个人每月三十到四十元工资，各乡镇标准不一样。民办教师的工资大约是公办教师的一半。

那年头，几乎每个大队都办有一所完全小学，特别是二十世纪七十年代中期，条件较好的大队甚至办起了初中班。较偏僻的生产队或自然村还办有一二年级教学班。那时农村孩子较多。办学是为了孩子就近上学，也方便家长上工干活。学校校园由生产队集体兴建，课桌椅凳也由生产队添置，民办教师也是由生产队选派并负担其酬劳，公社学区只是业务管理而已。因此，只要当地允许，就可以办学堂。为此学校多，教师也主要是民办教师，一个大队或生产队学校难得见到公办教师。民办教师大多学历低，文化水平低，很多情况是，小学毕业教小学，读过初中的教初中。

我们大队共有九个生产队一千三百多口人，居住还算集中。只有一所完全小学，高峰期有一百五六十个学生。记得一九七五至一九八四年还办有一个三十余人的初中班。

那时的学制是小学五年，初中两年，高中两年。上学放学、寒假暑假、招生时间大体与现在相同。不同的是学校的课程设置、教学内容、教学方式和考试方式与现在不同。小学毕业上初中可直接入学，初中毕业上高中也不用考试，而是由群众推荐。中学生常停课到工厂农村"学工学农"劳动。

那时的学费不高，小学每学期一至两块钱；初中每学期两块五角，住校生四块五角；高中学生每学期六块五角，住校生九块五角。但尽管如此，这点学费对部分人来说还是有困难。小学生一般在大队完小上学，不用直接交学费，可通过学校开出清单，统一由生产队从社员往来账上扣除。

直到一九七七年恢复高考后，学制才慢慢改变了。小学六年，初中三年，高中三年。初中升高中的推荐制也取消了。

"家有五斗粮，不当孩子王。"这是在那艰苦的岁月里，社会上流传的一句俗语。大意是小学教师这个职业清贫如洗，是个没出息的行当，成天跟一群"青鼻涕"打交道，井蛙之见，跳不出穷酸圈子。而被人称之为"泥腿子教师"的民办教师，更是整个教师队伍中的弱势群体。这个群体，说到底是在国家、集体公办中小学任教的非编制教师，是持农业户口的农民。然而，民办教师虽然不是国家编制内的教师，却是国家、集体的公办学校教师，在农村就是公社和大队集体办学的教师，可以说他们是中国教育史上不可磨灭的特殊群体，他们曾担当过中国乡村基础教育的主力军、铺路石，是比较稳定的教师队伍，所以绝对不是像某些人认为的民办教师是临时教师或代课教师。

民办教师群体几乎与新中国同时产生，人数最多的时期是二十世纪六七十年代（有关资料显示当时民办教师有近五百万人）。二十世纪八十年代通过清理整顿辞退了一批不合格的民办教师。没辞退的由当地政府颁发了"民办教师任用证书"，已被省级、县级教育部门备案，是国家认可的。

当年的民办教师教学工具也十分简单，就是一支粉笔、一本书，很少有什么教学参考资料，也很少受过什么正规训练，全凭自己掌握的知识进行教学，至于教学方法也是在教学中摸索。那时没有幼儿班和学前班，一年级学生因没有受过学前教育，大部分孩子数数都不会，几乎是一张白纸，排队要一个一个地拉。数学那时还叫算术，只有先教数数，再教书写，需要手把手地教，如有的学生写数字"2"和"3"时特难教，"2"写到上半部就在往右拉，只得握住他的小手硬拖，写"3"也是写到中间就乱弯，将"3"字写得趴倒，让人哭笑不得。

民办教师中的很多人白天站在讲台，晚上下地种田，那时几乎每家每户都有几个孩子，大人们从早忙到晚。孩子们也是大的带小的，家长几乎没有时间过问孩子们的学习，更谈不上其他教育了。于是，村里学校的民办教师们自然多了一份责任，他们不但要教好孩子们的文化课，还要做好孩子们的课外教导。在当时的农村，辍学是十分平常的事，特别是到了小学三四年级的时候，因为一些大点的孩子已经可以帮家里干些家务了（当时的学生，学习成绩不好是要留级的）。这时，每每都是这些民办教师走进各家各户，想方设法把孩子从家里拉到课堂上去。

在那个年代，很少像现在这样把升学看成重要的任务，也少有把升学率和老师们的工资奖金挂起钩来，那些同样在土里刨食的民办教师，多是出于一种做老师的责任，尽己所能来传授孩子们知识的。

后来，随着中国教育制度的改革，那些曾经活跃在讲台的民办教师，有的经过学习培训，有的通过深造取得了教师资格，还有一部分告别了讲台。二十世纪九十年代末，民办教师逐渐退出历史的舞台。

女油匠

那时，农家崽儿结婚或搬家进火（住新屋）时，会先请木匠做一套家具，而牙花床、大衣柜、木桶、木箱、桌椅板凳，是每个家庭必备的。家具一做完，少不了请油匠，有道是"木匠前脚走，漆匠（油匠）后脚跟"，用户会找自己熟悉的，或通过亲戚朋友介绍好的油匠。但我们生产队的油漆大多是请本队那位老油匠，因为老油匠在当地算是小有名气，他会根据家具的木质、样式、用途设计一套相应的漆法。比如该使用什么色彩的油漆，配什么样的字画。而配漆要有审美功夫，配画要美术功底。为此，老油匠始终认为在乡村手艺行当中，搞油漆不是一件简单的事，而是一项复杂而技术含量高的活儿。

其实，说复杂也不复杂，所用工具只有两样：一把刷子，一把灰刀。油匠活的工艺流程不是很复杂，但很麻烦。先后有十多道工序。第一道工序是刮底。油匠会先用砂纸把家具通体打磨一遍，将其表面的木茬磨光；再用灰刀以石膏拌桐油涂抹家具的缝隙和平面，一点一点刮到家具表面的坑洼处，使家具表面形成一个平整的整体，这就是人们常说的"刮灰膏"，相当于女人在脸上涂脂抹粉。如果木匠的活粗糙，油匠就要多费点工。有句话说："木匠怕漆匠，漆匠怕光亮。"这句话说的是，再好的木工也会在上漆后看出瑕疵来，而上漆的技术在光照的情况下就可以看出来哪里上得不好。

等到灰膏平整干透后，再进行打磨。其间要进行两遍刮灰、两次打磨，这是为了让家具表面平整如砥、光滑如瓷。接下来才刷头遍漆。其实一套家具要漆好，至少得漆三遍，而且每次间隔要有充足时间，通常要等第一遍干透，再漆第二遍为好。实际上在刷漆过程中，也是在反复掩盖木材表面一些微小的瑕疵，像节疤纹理要彻底盖住。

打好底子的家具要阴干几天才能上漆，要上几层漆。漆也有数种，如打底漆、耐高温漆、面油漆、揩光漆。上揩光漆那一层油漆时，可在光漆里面添加桐油，因为添加桐油除了有利于改色，增强表面漆膜光感效果外，最主要的是可起到防水的作用。上一遍要阴干几天。没等干透，要马上上第二遍，否则会留下疤痕。就这样要连续刷四到五遍。所以，油匠干活是真正的"三天打鱼，两天晒网"。上到最后两遍漆，家具就"麻雀变凤凰"，红彤彤，亮闪闪，像镜子一样光可鉴人。原来的土屋一下子华丽起来。

刷的漆一般有两种。一种是土漆，产于漆树，所漆的家具，色泽暗沉，经久耐用，大凡用土漆刷过的家具总会泛出明亮如瓷的光，用手轻敲会发出瓷器一样的清脆声响。土漆好是好，但其散发的气体，容易让人皮肤过敏，人们常说"土漆咬人"就是这个理。另一种是调和漆，这种漆是工业生产的，各种颜色都有，两三种相互混合，还能调配出不同色彩。调和漆只需半天工夫就会干透，就可进入下一道工序。

刷漆是一项费心劳神的技术活，其中的经验都是一年年积累起来的，这也体现了"工匠精神"。要真正成为油匠，需要灵性、悟性和耐性。一把刷子、一把灰刀，同样能装扮精彩丰富的生活。

老油匠的手艺很有特色，他还带了个很有特色的徒弟——年轻、漂亮、文化高。这个徒弟就是老油匠的女儿，叫王秀蓉，高中毕业后跟着父亲学油匠手艺。

不知是因为遗传还是个人喜好，反正老油匠的女儿自幼就爱写写画画。她画的花鸟虫鱼活灵活现，山水自然景物也是每画必真，令观赏者如闻其声、如临其境。加之练就一手顶好的毛笔字，字配在画上，简直锦上添花。有一次，地区文联组织迎国庆美术、书法参展大赛，她荣获一等奖。公社文化站还聘她做了两年的文化专干。一个普通农村青年凭什么当上公社文化专干呢？有人怀疑她定有靠山，就试探着问她父亲干什么的，她气愤而严肃地回答：油匠。意思是我是个凭靠山吃饭的人吗，你别小看我了！其实，王秀蓉就这个犟脾性。那年高考填报省重点美术院校，只差八分，同学和亲戚朋友劝她复读一年再考，她拳头一握，脑壳一偏，什么话也不说，转身走开了。在文化站本来干得好好的，领导和同事印象都不错，偏偏有个刚离婚、分管科教文卫的公社党委副书记心中有了她，就试探着单独找她谈"工作"，副书记说："你呀，不仅是个美女，还是个才女，字也好，画也好，跟你容貌一样好看！"这话说得多顺耳啊，就像炎炎夏日一阵微风轻轻抚摸着她的脸，凉其体肤，暖其心窝。要不是副书记后面说的那句话，也许王秀蓉就不一定是王秀蓉了，也不一定回生产队当油匠了。副书记说："你呢，真太可惜，就不该是个临时的，我劝你趁早找个吃皇粮拿工资的，往后好歹有个靠！更有利于发挥你的字画特长。"王秀蓉知道副书记刚离婚，怕人误解她是第三者，当场脸就黑了下来。

第二天，王秀蓉就卷起铺盖离开公社回生产队了。父亲老油匠说："就为了那副书记一句话？"她说："我就容不得那句话，我就不想有个靠！"老油匠说："有个靠多好呀，你真傻！"她高声喊："傻就傻，傻又怎么样？"老油匠无奈地说："好了好了，别抬着喉咙喊广播了！"不知怎的，老油匠声音慢慢低沉下去了，他突觉一阵心酸：这孩子，十三岁就没了娘，怪可怜的。没娘的孩子，可以想象生活的不易，而这，也造就了她固执而倔强的性格。父亲说："不想有个靠也好，我的好女儿将来靠自己，靠自己多好哇！那你就跟爸学油匠好吗，写字画画用得着。"

经过一番苦学，王秀蓉不仅擅长油漆，还擅长作画，画出的老虎，千姿百态，或长啸，或怒视，虎虎生威。画出的人物，须发可数，生动传神。她画出的山水风景、龙凤狮象、花鸟虫鱼，惹人喜爱。她将自己的漆画工艺运用到家具装饰、壁画制作等方面，将虎、龙、鹰等民间图案抽象化，同时与当地民风习俗活动紧密结合，绘制出来的图画宏伟壮观，寄寓了人们的美好愿望和理想。她的漆画独具匠心，艺术构思独特，集绘画、油漆、贴金等多种艺术于一炉，所以周边数十公里的人纷纷请她去装饰家具。在当地，好多家的床架、衣柜门等木器家具上都留下了她的手迹。

一日，父女俩来到刘有根家漆家具。刘有根三十二岁的生日都过了，对象谈了一大串，姑娘们听说他家在当地穷得有名的罐子岭，并且还是小姓人家，就没谁愿上门了。后来有人指点守寡的刘有根妈把家具先打好，到时定有上门的。刘有根妈马上请来老木匠，将自家历年存储干过了芯的上等好材料全部搜了出来，请老木匠下点功夫用点心，给做套好家具。不到一个月，牙花床、大衣柜、桌椅板凳、盆盆桶桶、底底盖盖，样样做得精致灵巧、美观耐用。后又请来王秀蓉父女俩给家具上漆。哪处上什么漆，哪儿画什么花，花上写什么字，父女俩心中早就有了底儿：牙花床配凤凰，夫妻养崽双对双，大衣柜鸟采花，夫妻白头福满家……父女俩将这些家具漆得床是床柜是柜的，像面镜子摆靠四墙，放射着幸福吉祥的光彩。刘有根全家高兴得合不拢嘴，加倍付了父女俩工钱。后来，刘有根妈和刘有根就常常想起这对父女，再后来，这父女俩成了刘有根家的常客。最后，这对父女中的父亲成了刘有根的岳父，女儿成了刘有根的妻子。

不久父亲老了，做不动油匠了，王秀蓉就只能单独外出做活了。有一回，王秀蓉被人介绍到一个特困户家漆家具。特困户原来是一对孤儿，大的十八岁，是男孩，小学没念完就辍学了。妹妹十四岁，因小儿麻痹症无钱医治残了左腿，从没踏进过学校的大门，只能干点轻松活。男孩九岁时父亲暴病离世，不出三年母亲又重病离世，使兄妹俩欠债六百余元。生产队为助力其兄找对象，为兄妹俩做了床架、衣柜、桌凳。不料兄妹拒绝王秀蓉上漆，含着眼泪说新家具不用漆——其实是没钱。王秀蓉就说："没钱没关系，我先漆好了吧！"就这样王秀蓉用心把家具漆好了。

漆完了家具，小妹就强烈要求跟王秀蓉打下手，希望用这种方式还清王秀蓉的油漆钱。王秀蓉想想，就收了小妹做徒弟。后来王秀蓉不但没要小妹还钱，反而发给小妹丰厚的工资。乡亲们知情后，个个竖起了大拇指，说王秀蓉真是个大好人。

随着人们生活水平的提高，机械逐渐代替传统手工艺，昔日的手工漆家具逐渐被机器上漆的新式家具所取代，这个行当逐渐消失。然而，那份遥远的传统油漆情结，却依然存留在乡里民间。

罗剃头

"进入长龙口,通晓罗剃头。"这是我老家——永兴县东部山区的一句口头禅。因为长龙口是我家乡村村寨寨的总大门,而罗剃头在此利用传统手艺为人剃头六十七年,成了当地家喻户晓的师中师、匠中匠。罗剃头,一个著名的乡村剃头匠。他耳聪目明,布衣简从,谦和,满脸堆笑,平易近人。就连我这个为求学、为养家糊口而背井离乡三十余年的无名游子,也常思念罗师傅,思念那段简简单单、乡里乡亲的剃头情怀。

那时候,我老屋门面的小土坪里,青石上,柴堆边,坐满了乡亲。他们是来等候剃头的,或用发黄的旧书纸卷了"喇叭筒",或握一杆长烟筒。而与剃头有关无关的话题常在这里拉开:今年年景好,八角垅里那棵老杨梅树杨梅压弯枝桠;春茂屋里头季黄瓜辣子尝鲜了,猪栏淤放得多,他人勤快菜也长得实;南泥冲那条排水渠要赶快修好,雨季来了怕禾苗遭殃……说话的和回话的都是男人,但有时也有一两个女人腋下夹了鞋底来凑热闹,喊老公吃饭了或看老公剃头。

推子剪子刀子梳子椅子，毛巾和白布单围套子，再加竹筒里装着那些掏耳的家伙。罗剃头利索地将简易工具一摆，又将那块磨得乌黑光亮的长条鹿皮朝门扣或壁钉上一挂，蹭几个回合，伸出左手拇指小拭，锃亮的剃刀锋芒毕露，随即将叠好的白围布往空中用力一抖，马上就有人争先恐后围上来。罗师傅就说各位别急，我保证剃好每一个头，决不丢漏半个头，气氛才缓和些。张三没吃饭，就先回家吃饭；李四烟锅刚点燃，就先抽锅烟等着吧，王五急着去放牛，先剃！乡里乡亲的，谁也不红脸了。

罗师傅说算我们湾里剃头最集中，东庄、西冲、南湾、李家、刘家、对门江、筒子垅四面八方一齐赶过来，一连三四天，吃饭冒（无）时间。好在头上花样不多，省时间。老者统一剃光头，中年多半是平头，青年爱剪"小西装"，小孩弄个"锅铲头"，稍难弄的是婴儿，一般满月后就要剃"胎头"。女人呢，一般不理发，她们觉得花两角钱在头上划不来，实在太冤。因此，头发长了，盘一盘，或用根红头线扎起来，或绕缠成两条长发鞭，前扬后摔也好看。

我二十岁前没进理发店理过发，自然加入家乡的传统剃头客行列，亲眼看见过罗师傅剃胎头。头回瞧见是满英嫂抱来第三胎毛毛崽前来剃头，满英嫂坐定后就娴熟地掀开衣襟喂奶，毛毛崽那双小手就不乱动了，只顾拼命喝奶，罗师傅趁机剃头，等到毛毛喝饱奶，头也剃完了。满英嫂就封了五角钱红包，图个吉利。

罗师傅说从不收红包，满英嫂就给师傅煮了碗切面，添加俩鸡蛋。二回见到是巧金妹抱了头胎毛毛来，金妹年嫩没经验，又羞于大庭广众之下喂奶哄毛崽，罗师傅刚剃第一刀，毛毛就眯眼大哭，小手乱舞，差点碰到剃刀口。好在罗师傅眼疾手快，又忙从工具箱里拿出小风铃，叫我叮叮当当摇啊摇，毛毛果然不哭了，瞪大眼睛看风铃。罗师傅边剃边反复叨念：毛毛乖乖，叫声爷爷，剃个美男，来日成才……我问罗师傅为何毛毛头前留个小锅铲，头后留小撮长发时，他说这是风俗，是规矩，谁也说不清。而且要将毛毛的头发一根不少地用红纸包好，夹在书本中或放在猪栏里保存着，示意孩子将来读书聪明、长命富贵。我将风铃放回罗师傅工具箱时，还发现了数粒纸包糖，大概是罗师傅备着用于对付不肯剃头的小孩吧。

　　山里人习惯将理发叫剃脑，好像理发是城里人的专用词，在乡下说理发会逗人笑话。小孩怕剃脑，记得当初我们那班七岁上下的伙伴，只要听说老罗来了，就马上避而远之，甚至不敢回家吃中饭。一旦被大人们捉住，看见罗师傅那把铮光瓦亮的剃刀，就浑身如筛糠，心跳加速，哭喊不止。那时的孩子没玩的，就只能到江边田野甩石头、玩泥巴等。夏天干脆赤身裸体弄得泥污遍身，毒日头不留情，给脑壳上栽下毒疮脓疖，不讲剃脑，就连大风之手抚摸过脑壳时都有一丝痛感。一日，我的同伴何检狗还是被大人捉住，检狗口含着罗师傅给的纸包糖，眼里流着泪儿。罗师傅将检狗脑壳上的脓血挤排后，放了点土药什么的，脑也剃得很干净，说下回别玩泥水晒毒日头了。事后我问检狗，老罗的糖好吃吗，检狗说脑壳痛，嘴里甜。

罗师傅不仅善待小孩，对大人更是同情有加。我湾里二百多号男丁，队长何记苟家是他的老据点，罗师傅每月都要在记苟家住上三四天。那时下乡的无论干部还是工人，一律要按规定补给驻户家钱和粮票，其标准是干部每餐一角、粮票三两，工人每餐一角五分、粮票四两。罗剃头是公社综合厂的工人，他除按工人的标准补足社员伙食费外，还让何记苟全家享受当年全年免费剃脑。那时每个社员全年剃脑费才一块五角，后来提到两块。尽管如此，还是有个别人不理解。南庄有位社员叫何申崽，二十多岁就开始秃顶，为人吝啬心眼小，说话结结巴巴，做事蠢蠢瓜瓜的，五十好几了还没婚配。有回罗师傅正给他剃脑时，他说他的脑壳头发少，光秃秃的地方多，要求罗师傅减半收费。恰巧旁边有位读过一些书，名叫何南山的后生。南山边点燃一根八分钱一盒的"经济"牌烟边说："结巴你说话也太没道理了，你这几根头发，虽然工作量小，可操作起来难度大呀，秃顶虽然常年不长毛，但总得用剃刀修一下吧，因秃顶皮薄，如技术不过关，还怕弄出血呢！再说，由于营养不良，全公社已有好些人开始秃顶，照你说的，就都得减半收费呀？亏你说得出口。"可罗师傅这人心软，最后还真的减了半，每年只收结巴七角五分钱。山顶上有位年过六旬的老人何生贵，一生养育三女，单家独户的，十多年来瘫卧在床，家里十分拮据。罗师傅不仅分文不收，还每次坚持爬五六里山路为其剃头。突然有一天，罗师傅刚进村就听说何生贵死了，说恰是这天早晨死的。罗师傅爬上山时已是大汗淋漓，他决意要为何生贵最后剃一次头，他真诚地希望每个人干干净净地来到人间，又干干净净地离开人世。

剃头，在旧社会被视为下艺，罗师傅为何干上了这行当，且如此真诚，一干就是六十七年呢？这与罗剃头家境贫寒和其自身的道德修养是密不可分的。

一九二九年五月，罗剃头出生在后来的鲤鱼塘公社洪波大队七双口生产队，名叫宗狗。当时的社会兵荒马乱，民不聊生。罗宗狗的父亲熬不过又苦又累的日子，四十二岁生日没来得及过，就被活活饿死。那年，罗宗狗才五岁。家中倒了顶梁柱，往后的日子该怎么过呢？娘俩相依为命，只得到山上去砍柴，靠卖柴换点粗粮过日子。然而，山高路远，一个女人和一个小孩，能砍多少柴，能换得多少油米呢？没维持多久，又断炊了。宗狗娘没办法，就携小宗狗去讨米，可外出三天只讨得两升半米和一些杂粮。再次外出时，宗狗不愿意了，光着小脚丫蹲在半路大哭，此刻，宗狗娘也哭红了眼，说："乖孩子，都是娘不好，都是娘不好，下回不来，下回决不让我乖崽来了。可是，这世道有谁会送米上门呢，不去讨，我们娘俩会像你爸那样饿死啊！"宗狗娘人穷志坚，她把牙一咬，拳紧握，心想哪怕在外做长工、打短工，也要撑起这个家。就这样，小宗狗艰难地熬到了十二岁。

十二岁那年，罗宗狗在本地剃头师傅曹涛金的热情关照下，开始了剃头生涯，他十分听话，学习十分认真。他先跟曹涛金连学三年，后又跟袁松保师傅学习一年，四年下来没拿一分钱工资，也未赚一粒粮，只图个饱肚儿。做学徒那些日子，十三四岁的罗剃头为人理发，那双小手还探不着顾客的头顶呢，只得叫客人坐在小矮凳上，或自己拿把推剪踩在矮凳上，方能够着客人的脑壳。但往往会推剪出高低不平，像狗啃一样的发型，需要师傅把关才成。

新中国成立那一年，罗剃头移居本县大布江，又在大布江的湾坪村找了贤惠之妻，随后在大布江圩场开了理发店，生儿育女安居乐业了。从此，罗剃头百倍珍惜自己的手艺，百倍感谢党和政府的恩情。那时，山区剃头师傅奇缺。罗剃头就暗下决心，用自己娴熟的手艺为民服务，报答社会。他几十年如一日坚持走村串寨。每逢赶集日，他就在集市接待剃头客，有时服务数十人，连中饭都没时间吃，而剃客反而在他家吃饭。好在善良的妻子担起了全部家务，常常会多煮几筒米，多烧几壶水，将剃客照顾得无微不至。有时，手拇指和食指被推剪磨得红肿起来，甚至磨破皮出血了，罗剃头就用胶布简单地贴好又继续干，直到剃完最后一个头才罢休。

几十年过去，弹指一挥间。罗剃头剃过多少头，走过多少山路，换过多少把剃刀，剃客坐断多少把剃头椅，连他自己也记不清了。

如今，传统剃头已不时兴，城里理发店越来越多，替代了传统剃头，发型呢，也不是那时简单的光头或平头了。

　　他至今保存着两样东西：一个厚账本和一个铁皮箱。账本页面早已泛黄，边角卷翻，歪歪斜斜、密密麻麻地记着百姓历年来欠下的剃头钱，字迹已有些模糊，只有他自己能辨认。罗剃头说，有的当初主动还清，有的年久遗忘，有的想还而联系不上。总之，尚有三千八百余元至今未收。他已放弃收账的想法，账本只做留念而已。那个锈迹斑驳的铁皮箱呢，装满了旧推旧剪旧刀旧梳旧吹，还有掏耳刮脸的家伙，一共怕有十六七斤。废品收购员曾多次高价收买，可罗师傅哪能舍得！这不是一个普通的旧账本、一个报废的工具箱，正是这个旧账本记载了那段漫长而沧桑的历史；正是这个锈铁皮箱，装满了剃头匠艰辛的汗水和泪水啊！

陈兽医

陈兽医唤陈修，原是个蒙冤的劳改犯，他在监狱服刑期间被安排养猪，学习养猪技术，后来成了兽医。沉冤得雪被释放后，据说，当地领导看了陈修的服刑档案后，就决定把陈修安排到公社兽医站，因为公社兽医站正缺人。

那年头，公社兽医站也算个香饽饽似的单位了。一来因为拿稳定工资，二来工作涉及千家万户。可是站里人数太少，多则十余员，少则六七人，要管着全公社数千个家庭的五禽六畜，忙得不可开交。你瞧，农村哪家不养鸡鸭猪狗，哪家不希望六畜兴旺呢？于是，东家请，西家求，他们一天不下村，就有人找上门来。

这天清早，三妹又来找陈兽医了，是要给猪打针，顺便还有几只仔公鸡要阉。公社兽医站距离三妹家二十余里地，那时什么交通工具都没有，连通往公社的路都长满茅草。这回急死三妹了，她跌跌撞撞、气喘吁吁地跑到公社圩场旁边的兽医站，说她家两头半大的肉猪突然拒食、拉稀，且猪婆又到发情期了。

此刻陈兽医正吃着早餐，半碗面条两个鸡蛋伏在碗中。

三妹承包了生产队的养猪场，养了七八年的猪，只养土猪，土猪长得慢，体型又小（在我们那儿叫小壮猪），而市场买猪崽的人喜欢良种猪。据说这种良种猪是从国外进口的，叫"约克夏"。约克夏体型高大，肉肥膏多长得又快（那时食油奇缺），最赚钱。三妹家里急需要钱，哥哥无奈被人招赘"嫁"去很远的地方了，母亲又三日风两日雨的身体极差，特别到了冬春两季，母亲就药罐子不离身了，恨不得每天卖一头猪。因此，三妹就想在治好猪病的同时，顺便让陈修介绍外地的良种猪，正巧自家母猪发情也好交配，能结下良种约克夏就太好了。

陈修觉得三妹一个年纪轻轻的女孩家能承包猪场实属不易，感动之余放下碗筷跟三妹到了她家。陈修先十分娴熟地给病猪打了针，然后给病猪和正在发情的母猪用上了他随身带的药。开了相关药方和饲料，叫三妹到兽医站去买。陈修还仔细观察了母猪，状况良好。在三妹家吃中饭时，陈修对三妹说，过两天他会把良种公猪找来。

吃完中饭，陈修背起个小药箱，利索地走了。三妹探头深情地望了望陈修的背影，觉得这个陈兽医，不仅技术娴熟，而且人也帅，心也好……

两天后，陈修真的叫人把一头大白毛约克夏公猪送到三妹家。陈修告诉三妹，公猪配种前应如何侍弄好。比如，公猪交配前要喂米粥拌鸡蛋，三妹就不顾一切地用十个鸡蛋拌着米粥喂了公猪。晌午，吃点心时，三妹还用四个鸡蛋煮了一大碗汤面特地招待陈修。当时的条件实在是太艰苦了，不管什么重要客人来了，想尽办法也拿不出山珍海味十碗八碟来，唯有几个土鸡蛋，才是招待贵客的上品。陈修看了桌上扎扎实实的一碗汤面上放着四个圆滚滚的荷包蛋，就说："三妹，我们本乡本土的，你别太客气了，用这么多的鸡蛋，不等于浪费吗？"三妹歪斜着梳理得溜光的头嫣然一笑，说："吃到你肚里去了补身子，还等于浪费吗？"

吃完了面条，陈修就分别给公猪和母猪检测了腺体，分别打了防疫针、催精针、强体针。那头公猪呀，差点把三妹吓坏了。四脚酒瓶大，腿长，腰粗，就像一头十分结实健壮的牛。而三妹家的母猪呢，腰短脚细，矮小瘦弱，往公猪面前并排一站，就像一对夫妻，男的高大魁梧、女的小巧玲珑。陈修对三妹说："像你家这样的母猪种，早就该淘汰了，现在的补救办法，只有用这样的公猪来交配，来取长补短。产下良种小母猪后，再留种，再慢慢更新换代。你看如今养猪户都喜欢良种猪，长肉快，产量高，钱来得又多又快。而且吃的是发酵生饲料，既省柴火又省劳力。"

半年后，三妹家的母猪产下一窝猪仔，猪仔腰身长，圆圆嫩嫩的，和往常的猪仔就是不一样，三妹感觉就像陈兽医说的那种"长肉快，产量高"的良种猪呢。并且，原本有这病那病的猪，全被陈兽医治好了，按照他的方法配制的饲料，让猪食量大增，长得又快又肥。

其实，陈兽医所做的又何止这些。一九七六年农历十二月的一天傍晚，下了整整一天雪，牛角冲生产队长突然气喘吁吁地找到陈兽医，说队里的一头母牛难产了，请他快去看看。刚吃完晚饭的陈兽医想，兽医站距牛角冲十六里山路，又不通车，这么晚了，天又下着雪，明天再说吧。可又一想，生产队养一头牛不容易，尤其是临产的一头母牛，出了问题是多大的损失啊！于是，陈兽医连忙准备好助产器械及治疗药品，冒着风雪随队长上路了。到牛角冲生产队时，已近晚上十点，陈兽医二话不说，赶紧诊断。

经过仔细诊断后，陈兽医确定母牛胎位不正，已经挣扎得快没有力气了，需要马上助产。陈兽医让队长叫来几个社员，一起将几百斤重的牛抬到另一间干燥的单独牛栏里后，马上脱掉长棉衣，挽起袖子，蹲在地上开始助产。两个多小时后，母牛终于产下一头八十多斤重的牛犊。此刻陈兽医的脸和手冻得青紫，腿脚也麻了，但看着奶牛母子平安，看着队长激动得流泪的样子，陈兽医高兴得忘记了寒冷。

那年头，牲口就是百姓的"宝"。但是，由于科学养殖意识淡薄，牲口得病的概率很大。哪家有猪不吃食了，有牛发烧了，有牲口要生崽了，等等，只要有人喊，陈兽医不管手头多忙，都会丢下活就开跑。因为误了时，得病的牲口等不起。那时不像现在有手机，哪家哪户有牲口得病了，要么自己亲自跑一趟来找陈兽医或其他人，要么托人带口信。有时不凑巧，兽医不在家，来人还得跑两趟甚至三趟。兽医上门去医治呢，也不是跑一趟就能治好的，少则两三趟，多则四五趟。所以在当地村村寨寨狭窄崎岖的小路上，几乎无一处没有陈兽医的足迹。

世间的事往往就如此巧合而美好，三妹爱养猪，陈修善医猪，三妹给陈修吃鸡蛋，陈修给三妹养的猪打针。一来二去，久而久之，他们就在一起了。改革开放后，公社兽医站模式慢慢被新的模式替代。三妹承包生产队的猪场也成了个体户猪场。在当地政府的支持鼓励下，陈修和三妹的猪越养越多，猪场越办越大，陈修和三妹成了全县有名的猪老板。

"蠢铁匠"

肖小铁的父亲绰号"蠢铁匠",其实,这绰号是他祖籍湖南衡阳那边的人叫出来的。其理由是肖小铁的爷爷举家搬迁,"卖"了祖宗,把祖传的一手好艺传给了他乡。原来,肖小铁的爷爷是个老铁匠,新中国成立前举家流浪到雷公仙,后来就在我们雷公仙生产队安家落户,借住本队王秋叶家的老屋打了几十年的铁。

"蠢铁匠"一家老小虽然是外地人,但后来成了我们生产队正儿八经的社员,生产队据其所长让他抓副业,依旧打他的铁。不过规定他每年上交生产队多少钱,就和社员们一样记工分参加集体分配。肖小铁会打铁的爷爷去世后,肖小铁的父亲又成了"蠢铁匠"。

肖小铁的父亲历来身体不好,五十来岁就腰折背驼哼哼哟哟的。不知是不是炉火长熏、炉灰长染的原因,他鼻子一直像沾了一层红漆似的飞红,喉管里像塞了鱼刺似的咕咕响,常常气喘吁吁咣当咣当不停地咳嗽,大队卫生所老郎中罗麻子说"蠢铁匠"患的是遗传性肺结核。"蠢铁匠"没管它是肺结黑(核)还是肺结白，一不吃药二不打针，依旧叮叮当当打他的铁。咕噜咕噜拉一下风箱，喉管就喘一下气。风箱咕噜咕噜和塞了鱼刺似的喉管一起响，满屋的热闹，分不清是喉管里喷出粗气，还是风箱鼓风。风箱一拉，炉火一旺，映得"蠢铁匠"整个脸颊透红透红，鼻子更红。一阵叮叮当当麻利的敲打铁器声，伴随着气喘吁吁咣当咣当不停的咳嗽声，那形态，那情境，活像青春焕发红光满面的后生仔，伴随锣鼓在演戏。

逢集日，"蠢铁匠"就对满屋争买铁器的顾客说，让各位久等啦实在对不起啦，我真的忙得摸鼻子都没时间。而顾客只有这时才认真地瞧一瞧"蠢铁匠"的鼻子，果真像被炉火烤熟似的，红得快要出血了。顾客就在心里说，像你这样的鼻子呢，好在没时间摸，要是摸，还担心像西红柿那样"瓜熟蒂落"！

"蠢铁匠"因身体不好，只生养了肖小铁这根独苗苗，肖小铁天生会画画，七八岁时字都不识几个，就能把父亲制作的铁勺、铁罐、铁碗、铁盆照着模样画出来。"蠢铁匠"因肖小铁自小聪明过人而更加溺爱，发誓砸锅卖铁也得送肖小铁念书，让他念出个人样来。而肖小铁就是不争气，念来念去念到胡须都长黑了，仍没念出个名堂来。

不过背地里就有人议论开了，"蠢铁匠"生养的崽也蠢。后来不知是遗传还是生活所迫，在父母相继离世后，肖小铁不声不响地也做起了铁匠，且胜过了老铁匠。那是缘于县文化馆举办的一次大型画展，肖小铁就地取材，在他父亲手艺的基础上，大胆在纸上设计了一批新铁器，并试着参展。出人意料的是，观众瞧着纸上那些既方便又适用的铁器，就向文化馆要货。这把肖小铁急得哭笑不得。于是，他重新点燃父亲的炉火，默认自己这辈子只能做个新"蠢铁匠"。

肖小铁这个"蠢铁匠"其实并不蠢，他从十二岁起，就想跟着父亲学打铁，苦于父亲只让他专心念书而无法把其手艺全学来。但肖小铁一直在观摩和研究父亲打铁，有时干脆主动出击为父亲打下手。父亲也常会有意无意透露些"祖传秘方"。肖小铁就会把这些"祖传秘方"牢记于心。不过肖小铁脑壳比父亲活泛，相关政策刚全面放开，他就率先承包了本大队的农机厂。从此英雄有了用武之地。他使出全身解数，生产出来的农机物美价廉，畅销对路。他家很快变成了远近闻名的富裕户，他这位"祖传铁匠"的徒弟也日渐多了起来。

但他收徒弟传艺，却有些与众不同：

他招收徒弟，专找那些困难户的子弟，而且没有什么学徒期。一进厂，每个月基本工资就是六十元，然后随着工龄的增长而不断提升工资。他所带的徒弟要不了多久都富了起来。本队青年刘小明，是村上有名的困难户。新中国成立前，他祖父死后，祖母为生活所迫，带着他父亲改嫁到邻县耒阳。一九六二年迁回本地，全家九口人借到一间土砖屋，一直住了十多年。几次想建房都因家庭困难没能如愿。一九七二年买好了几十根木料，烧了三千多块红砖，后来还是因为没有饭吃又把材料全部卖掉。就这样，九个人挤在一间屋里，愁了一年又一年。肖小铁得知情况后，特意来到他家说："小明，你愿意学打铁吗？"小明父亲喜出望外，立即说道："如果你愿意收他做徒弟，给他带出一条致富的路来，前三年不给一分钱也行！"小明来到厂里后，肖师傅一边传给他打铁的技术，一边同他一起从早干到晚，晚上又加班，生产农村急需的铁叶蒲滚、铁耙和当地小煤矿急需的煤斗车，虽苦点累点，但是收入大增。第一年小明每个月的工资拿到了七十元以上，第二年一百零二元，后来就升到了一百八十元。随着收入的增加，他家起房子的事也就不在话下了。一栋八间火砖到顶的新房，不知不觉就出现在人们眼前了。头三年肖师傅先后带了五个徒弟，都不同程度地改变了徒弟所在困难户的面貌——有三个徒弟家里建了新楼房。

他不仅向徒弟传授技艺和致富之道，还传给他们为人民服务的好思想，使这些徒弟一个个都成了村上公认的好青年。小伙子张文友，从小淘气，不愿意从事艰苦的劳动，专好与人打架吵嘴，他父亲批评他，就打父亲，打家具，真是让人无可奈何。不得已，文友父亲找着肖铁匠农机厂的师傅，进了农机厂。文友进厂后遇到的第一个问题就是不习惯加班加点干。有一个晚上，他们师徒几人睡得正香，突然外边有人敲门，原来是一个正在连夜抗旱的农民前来要求修理抽水机。肖小铁立即把几个徒弟叫醒。其他徒弟都起来干开了，唯独文友还躺在床上一动不动。师傅再去喊他时，他懒洋洋地说："明天再干吧，着什么急呀？"师傅诚恳而又耐心地说："这部抽水机今晚还等着用呢，等到明天再修，会误大事的。"文友听到这柔和的声音，不由得想起他原来被人看不起的情况，想起进厂后，有如进了另外一个世界。师傅师兄们除了一个个努力干活外，对他还特别热情、尊重、爱护、关怀，每月给他六十元的工资。说实在的，文友对这些，心里是很感激的。今天听师傅这么一讲，他二话没说，爬起来投入战斗。师傅当即利用休息时间，喊拢几个徒弟，开会表扬了文友的进步。文友还经常看到师傅解囊帮助困难户，为他们义务修理农具。还为双抢无偿送给困难户新铁叶蒲滚三十二台、新铁耙六把，价值千余元。另外，师傅还经常带领徒弟们为群众修路、架桥、装电灯、建水井，处处为群众办好事。这一切文友看在眼里，心里想开了：师傅也是人，我也是人，为什么他那么好，我那么差？于是他暗下决心，向师傅学习，也积极参加为群众办好事的活动。遇有急修农具，即使通宵地干也毫无怨言了。

　　周围的群众看到肖铁匠带的徒弟，一个个都变成了好样的青年，连文友这样的小淘气也变得既勤劳又善良，能够急人所急，助人为乐，都很高兴，有的夸"肖师傅的小厂子真是个大熔炉，一块块生铁在这里都变成了好钢"，有的说"肖师傅带徒弟，带一个富一个，带一个好一个，真不简单"，但也有个别人说："肖师傅太'蠢'了，几多子弟不带，偏带困难户的子弟，几多好青年不收，偏收些调皮鬼。这样劳神劳力又吃亏，图个什么呢？"肖铁匠每当听到这种非难，总是微笑着说："我带徒弟，一不图名，二不图利，只图为大家富裕出点力！"

弹花匠

过去在乡下,每年寒露一过,就是弹棉花的(俗称弹花匠)一年中最忙碌的日子。家家户户新收的棉花或生产队分配的棉花,会一点点地存留下来弹棉被。特别是有儿有女的家庭,总是免不了要弹上好几床。你有听过这样一首歌曲吗?"弹棉花哎弹棉花,半斤棉弹出了八两八,旧棉花弹成了新棉花,弹好了棉被那个姑娘要出嫁……"这首歌让我想起故乡的男娶女嫁习俗:在我们那儿,无论儿子娶媳妇还是姑娘出嫁,都要请弹花匠弹好两床(好事成双)带红双喜字的新棉被,有的除了"双喜"还有花鸟,实在是趣味盎然。

据说弹棉花是民间传统手工艺之一,已有几百年的历史,但如今只有上了年纪的人才看过手工弹棉花了。以前弹棉花的匠人,腰绑栎木制作的弹弓,手握木槌,敲打牛筋做的弓弦,把棉花弹松,再经整形、拉线、平压等多道工序,才能做成御寒的新棉被。大部分弹花匠,技术系祖传的,因为秋冬季才有人请去弹棉花,所以平时还是以农耕为主维持生计。

要请弹花匠弹棉被就得有棉花，而我们那儿不是产棉区，棉花特别紧张。记得有一年过年，我们兄弟都闹着要新棉衣穿，父母就根据家里的条件，答应只能给我们三兄弟做一件棉袄，三兄弟轮流穿。我是老二，又高又胖，穿着棉衣感觉又紧身又暖和。老大老三个子相对单薄，就说新棉衣没做好，不合身。而棉衣也确实做得有些宽大，有点像大人穿的衣服。为什么这样做呢？因为在那个物资贫乏的年代，既没钱，也没棉花票。

那年代，我们生产队的账单上没有种棉花、管棉花、收棉花的往来账，但有分棉花的明细账单。因为队里不种棉花，只是社员在自己有限的自留地里种一点点。社员分棉花的明细账单，来自完成各项上缴生产任务后，国家奖励的棉花票。那时，凡买棉制的东西都得凭棉花票，而发放棉花票的依据是劳力强弱人口多少。我家六口人两个劳力，分配钱物总是中下水平。棉花票呢，每年只有半斤或八两，最多一斤。一年的棉票做件棉衣都嫌少，要想做床十斤重的棉被不知得等多少年。到了我哥娶媳妇的年纪，按当地习俗结婚是少不了新棉被的，为此，父亲就在做完集体工后，利用晚上时间去开荒，月光窝里挖山土，在山脚下耕出面积大约两分的棉花地。每年弄得斤把两斤的雪白棉，母亲脸上就欢喜得像绽开的棉花，她把这些棉花收了晒、晒了收。年复一年，我家终于有棉花了！

那年村里正巧来了两个弹花匠，说是从洞庭湖畔来的师傅，一个约莫五十多岁，一个三十刚出头。两位师傅挑着五六尺长的弹弓、木槌、大圆木磨盘、篾条、棉线球等一应器具，围着村庄喊了半天，仍没谁家拿出棉花来。待到师傅快要离村时，全村人东家借西家凑，包括母亲在内才有六户人家让师傅落下脚，并且每家只做一床棉花被。

师傅在生产队的老厅屋里摆上六张等高的四腿长凳，三张一列，分两列，两列间隔五尺左右放在中央。凳子上放置三块一样厚的大门板，光洁面朝上，中间一块不能有铁疙瘩之类的障碍物，形成比普通床还宽阔的板面。最后在板面铺上厚厚的新棉花，两位师傅就开始弹了。他们各站一边，将一根竹篾条的一端用手帕紧紧地绑在腰间，另一端则用绳索吊起弹弓，然后左手抓住弹弓，使弓弦紧贴棉花，右手握定木槌柄，向牛筋制作的弓弦捶去，只听得嘭嘭嗒嗒的响声，瞬间棉絮飞扬。如此前前后后一下一下地捶去，随着嘭嘭嗒嗒的美妙乐章响起，那洁白的棉花如柳絮，在厅堂四处飘舞。他们戴着大口罩，以防棉丝吸入肺部。且为保证质量，需弹得很卖力。

上午十一时许，吃毕点心，师傅会抽一根自制的卷烟，边休息边悠闲地与大人聊天。而后，又响起嘭嘭嗒嗒的声音，棉花渐渐地融为一体。弹松一面，再弹一面，全部棉花弹松后，只见两个师傅用灵巧的双手，将棉花规整成一个厚薄适中的长方体。这样，一床新棉被便粗具雏形。

午饭后休息一会儿，又开始另一道工序——拉棉线。一位师傅将有车轴的棉线球定位在板面右前角,将线头穿入弹弓前端铁环中,再腰悬弹弓,左手执弓,右手抓住线头,让另一位师傅在对角站定。他用弹弓把棉线传给助手后,便把弹弓往左一摆,待手中又抓住棉线时,对方便掐断一根头,抓住另一头。两人配合默契,一根一根对角均匀地拉在棉花上。拉好右角,又拉左角,再换位交叉拉线。每拉一根线,线头应超出棉被边缘三厘米左右,以便与另一面相衔接。这样循环往复,拉好一面,再拉一面,两面还会拉上横的竖的红线。晚饭后,到了压磨棉被的时候了,两位师傅各站一边,双手抓住大圆木磨盘,用力推动压磨棉被。待压得较结实时,则由其中一位师傅站在磨盘上,以全身的重量继续压磨棉被。只见他有节奏地扭动身子,前前后后,左左右右地压去,让棉絮紧紧相连,既柔软又有韧性,以延长使用寿命。

"弹棉花匠木槌棒棒,吃块肉弹到兜,光吃饭弹面上……"这个歌谣说的是弹花匠到主人家弹棉被,如果主家有鱼肉招待,匠人就会将棉被弹得又柔又好;如果仅仅用白米饭招待,匠人做事就不会很卖力。我们家做棉被时,母亲备了甜酒杀了鸡,为的是给哥哥准备的结婚的棉被讨个吉利。乡下有个说法是无论谁家薄待了工匠,工匠就会在手艺上耍手脚,弄得东家往后万事不吉利顺遂。特别是弹花匠惹不得,稍有不慎使其不满意,再厚的棉被也睡不暖和、用不顺当。为此,母亲就在席上忙着给弹花匠敬酒倒酒,夹了鸡肉又添鸡汤,连连夸奖师傅手艺做得好,生怕招待不慎出个啥闪失。其实,弹棉花是养家糊口的行当,哪个匠人也不会砸自己的饭碗，都会尽心尽力。

　　大约两个星期后，弹花匠做完活很快离了村，大伙谁也不知道师傅尊姓高名，大概因为时间太短吧。那时我正住校念初中，和弹花匠接触甚少。母亲视新棉被为宝贝，在冬日的太阳下连晒三天后，又将棉被放在门板上用平板物体压了压，据说这样棉线会更紧切些，往后用起来会坚牢。压完后，就将棉被放在全家唯一的衣柜里。衣柜里衣服太零乱，你摸他捏怕弄脏，觉得不妥当，母亲又将棉被用旧报纸包好放楼上防潮的箱笼里。一个星期天，目不识丁的母亲从箱笼里搬出新被展开，说："崽儿快来看看，这弹花匠还用红棉线在被子中央绣了一朵红花。"我一看，像花又觉得不像花，左瞅右瞧活像一个字，祝贺的"贺"字。母亲说弹花匠为什么不弄"喜"字，偏要弄这字干吗？我说师傅不同弄的也不同，大概因为我们家待他们很好，他们很满意，就为哥哥娶媳妇有个好兆头，表示祝贺的意思吧！

　　哥哥结婚时果然用上了这床新棉被，后来他参加工作了，在城里有了新棉被，母亲就把这床棉被给了我。多少年了啊！这床棉被一直陪伴着我！因为那是我们自己种的棉花，专请弹花匠精心做的，十斤重的家用货。直到如今，连棉线也未曾松动过一根，只是棉体变薄了而已。我依然把它视为舒适的床垫，舍不得丢弃。

　　随着岁月推移，如今很少见到手工弹棉被的了，电动梳棉机取代了弹弓，电动磨盘代替了圆木盘，手工慢慢地被机器所取代，机器制造的棉被再也找不到手工棉被那种紧致密实的感觉了。那一声声"弹棉花哎弹棉花，半斤棉弹出了八两八，旧棉花弹成了新棉花"的歌谣也成了远去的记忆。

豆腐嫂

那年头,农家人只有过年才能磨豆腐吃,而磨下的豆腐往往舍不得马上吃完,而是留很少一部分过年,一部分制作豆腐乳,大部分留制油豆腐——腌上盐后,晒干或焙干,春节后当作待客的荤菜吃上数月甚至大半年。当时,好像除了鱼肉就是豆腐最贵,平常很难吃上豆腐。二十世纪七十年代末,也就是改革开放之初,农村政策刚刚放开,一些社员开始做起了生意。比如豆腐嫂和她的家人。

清晨,当日头羞答答地从东山嘴徐徐露出红澄澄的嫩脸时,豆腐嫂就肩挑豆腐担儿,蹬上山路,踏过松木桥,绕过弯弓丘,来到小月岭。晶光耀眼的朝阳,透过迷漫山谷的薄雾,照着豆腐嫂如风摆柳似的身子和担儿,豆腐嫂的身子和担儿,就像披了一层浅红的霞彩。霞彩长长的影儿,映在山路,映在小溪,映在田野,映到了村头。豆腐嫂每日清早下村是用大铁皮桶装的满满一担豆腐脑,不需等待,不需吆喝,也就一锅烟工夫,铁皮桶就底朝天了。

豆腐嫂到了村头的杏仁树下，放稳了豆腐担儿，气喘吁吁，脸儿火辣辣、红扑扑的。来不及从脖颈上抽下印花毛巾，揩拭脸上额头的汗珠，就有花蒸钵、粗汤碗、瓷杯、茶缸儿等争先恐后伸过来。重重叠叠的钵碗瓷缸围在豆腐桶沿边，在愈发强烈的阳光斜照下，闪闪发亮，反射出耀眼的光芒，犹如豆腐桶里开出的朵朵鲜花。

原来，杏树下的小土坪里，早已候着买豆腐脑的人，这些人多半是小孩和妇女，还有那磨利刀斧趁早上山砍柴，或背了犁耙准备下田的男汉。男汉们往往会被女人叫唤："喂！先到树下来吃一碗再去忙活吧！"就吞吞口水咂一咂嘴，十分乐意地放了肩背上的家伙，匆匆赶过来，从女人手中接过满碗豆腐脑。喜滋滋，呼啦啦退到一边，大口大口地吞饮起来。不用牙舌费力，热乎乎、软绵绵的豆腐脑吃到嘴里，顺着喉咙走，直到流到胃里，顿觉周身温热，骨节活跃了，血流加快了。连鼻孔都喷着热气，擤一下滚热的鼻涕，用粗糙的手背往鼻嘴上一抹，打着饱嗝重新拾起家伙，憋足了力气，各自上山下田了。

等男人吃完，女人开始吃。女人一般只买一小碗，而那些刚生崽喂奶的妇女则要放足甜酒糟，拌着一大碗豆腐脑一块吃。吃了还偷偷用指掌在胸前来回摸捏，好像刚吃下的甜酒和豆腐脑即刻就能化作奶水涌到乳房似的。据老一辈说，多吃甜酒糟，多吃豆腐脑，奶汁才会丰盈欲滴。

老人们一般在家候着，等到儿孙将豆腐脑端回家，他们有的还在床上咣当咣当咳得喘不过气来。儿孙们回家后，吆一声：快些趁热吃啊！老人便慢慢爬起，将老身移向桌边，坐上垫了烂布团的宽板凳，慢慢吸吮，豆腐脑就颤颤地顺喉咙往肚子里滑，原来呼啦啦响的喉咙顺畅多了，咳嗽声没了，老人也精神多了，满嘴漾起一种甜甜的、香香的鲜味，皱巴巴的老脸飞起了一丝红晕，内心颤起一股极清润的温柔感。

豆腐嫂每天要围着四邻八村往返几回，都是不到一锅烟工夫就桶底朝天。她早晨卖豆腐脑，上午和下午就卖板块水豆腐、干豆腐和油豆腐。她的豆腐干净、鲜嫩、色亮、味美。特别是价廉实惠，别家每碗豆腐脑售价两块，她只售一块八；别家每块豆腐售价一块，她仅售八角。干豆腐和油豆腐也比同店同行便宜许多。年长月久，人们喜欢并习惯了吃豆腐，也喜欢上了豆腐嫂。就是已离开好多年的人们，还记得豆腐嫂和她的豆腐，还记得那个旧圩场、那条老街的样子，还记得豆腐嫂和豆腐店的样子。一想起豆腐店和豆腐嫂的样子，心中就涌动着那散发缕缕清香的豆腐味儿。

豆腐嫂名叫羊月秀，她是江西余干县嫁过来的。那模样儿，且不说她嘴角腮边那对甜甜的小酒窝，单凭那细腻润嫩得能掐出水来的皮肤，就令人惊叹。

然而，羊月秀人漂亮家境却不"漂亮"，众多子女中她为长，初中未念完便南下打工。没文凭没技术在外找工作的日子，让月秀尝尽了苦头，好不容易才找上一份又苦又脏而待遇极低的活儿。家中弟妹急等学费上学，月秀因无余钱寄回家，连家中来的电话都不敢接。后来的一次意外让月秀结识了家里曾开过豆腐店的屠贱狗。

屠贱狗是湖南郴州人，大她八岁。他祖上开过豆腐店，到他父辈还开过一段时间豆腐店呢！开店时，别个家里吃了上顿愁下顿，屠贱狗家里还算殷实。别的孩子喝粥就喝粥，是一碗淡淡的稀粥，而贱狗喝的粥米饭特稠，且要搭上三四块油豆腐。

羊月秀找工作的经历，屠贱狗深为同情，加上自己也没找到工作，于是，贱狗决定——回家，回家开豆腐店！跟屠贱狗早就互有好感的月秀就这样跟了贱狗。

起先，他们没钱买机器，只得沿用传统制作方法。技术是祖辈传下的，家伙（设备）是祖辈留下的，只是操作流程中换了两个新人。传统的当然只能人工推石磨磨豆子，靠人工劈柴烧火，靠人工将豆腐渣和细滑的豆浆分离出来，工序复杂而缓慢，效率极低。夫妻俩每天两头摸黑，辛苦得直喊腰酸腿痛，才能弄出三四箱豆腐。好在这三四箱会很快卖完，这样就可以边加工边卖，省了专门卖豆腐的时间。

然而，一年以后羊月秀慢慢不能承受这种劳动强度了。于是，那一年，他们从县里买来了崭新的磨豆机。据说是县里首批新进的产品，习惯了传统加工的屠贱狗和羊月秀，开始接受不了这等新鲜事物，后经亲戚朋友极力推荐，说要相信科学，才肯上城提货。磨豆机真灵，只管大把大把将圆滚滚的黄豆往它嘴中一放，下边就流出了白花花、细细匀匀的豆浆，比费力推转的石磨强多了。也因此，贱狗的生意是愈做愈大了，由永乐江边一条街做到了四邻八乡。

生意做得愈大，需求的黄豆就愈来愈多，而本镇区生产黄豆不多，就需到外村收购。收购黄豆就需要交通工具，急坏了屠贱狗和羊月秀。恰逢大包干那一年，大队有一台老旧手扶拖拉机要拍卖，村民大都手头无钱，想买难成交。屠贱狗和羊月秀正愁着出村收购难，就用卖豆腐的钱买下了这台旧拖拉机。这样，收起黄豆卖起豆腐来就方便多了。油豆腐、豆腐干，用洁净的薄膜袋包装好，拖到外村邻乡去卖，人家一时手中缺现钱，就可按半斤黄豆兑八两豆腐的换着吃，乡下人坐在家中能吃到豆腐，也是件幸事。

天有不测风云。贱狗及父亲在一次外出收黄豆的路上出了车祸，不幸去世。豆腐嫂羊月秀和她的婆婆，一连三日三夜哭得死去活来。豆腐店也停业了半年。

羊月秀她家原是个让人羡慕的家，上有双亲二老，下有一对可爱的儿女，六口之家充满了甜蜜和温馨。丈夫身强力壮，干活有使不完的劲。公公老当益壮，经验丰富，是豆腐店的好师傅好帮手。而现在呢，丈夫没了，公公没了，原本身体极差的婆婆，因经不住家庭变故的打击，瘫在床上一病不起了。羊月秀三十五岁就成了寡妇。往后啊，这"寡妇豆腐店"还能像从前那般光彩夺目吗？

还能开下去吗？遗憾和同情中的村人关注着、议论着……

然而，豆腐嫂羊月秀并没有灰心，没有丧气。她从悲痛中重新振作起来，"寡妇豆腐店"正式开业了，使这个不幸的家慢慢恢复元气。每天凌晨三点，羊月秀便起床做豆腐，六点准时挑上豆腐担儿走村串户吆喝着。她依然像从前那样早起晚睡，依然踏踏实实地经营着豆腐店，依然像从前那样希望凭着自己勤劳的双手，让一家人的日子越过越红火。在她看来，只有豆腐店在，家才在。

然而，尽管豆腐口感好，价格也公道，但由于地方偏远，知名度小，加之没有交通工具，也不能像从前那样让对方直接用豆子换豆腐了，因此豆腐生意没有从前那么好。羊月秀除了起早贪黑做豆腐，卖豆腐，还得照顾家里，加上生意又不好，身心俱疲得让她流泪了，她真想打"退堂鼓"了。但眼看被病痛折磨得死去活来的婆婆和两个幼小的孩儿，羊月秀感到了肩上的责任，她牙一咬，擦干了潸然而下的眼泪，又坚定了信念。

为了改变现状，羊月秀萌生了自主再创业的想法。她想大胆尝试一下，把豆腐店搬到县城去，那样可能生意会好些，生意好赚钱多，不仅能帮家里还债，还能继续治疗婆婆的病。最终，在大家的帮助下，羊月秀的豆腐店终于开到了县城，取名为"农家柴火豆腐店"。

由于柴火豆腐是农家特色，城里人就好这一口"土"味，于是，豆腐生意前所未有地好。羊月秀感觉实在忙不过来了，就干脆把刚去广东鞋厂打工的亲妹妹叫了回来，做成了姐妹店。每天，羊月秀用三轮车载着嫩嘟嘟、鲜亮亮、香喷喷的方块水豆腐、长条油豆腐和薄片豆腐干进入农贸市场时,不需吆喝,不用等待,一会儿就能空车返回。

久而久之,羊月秀的豆腐店和故事打动了许多人,街临巷头买过羊月秀豆腐的人,好像都忘了她的姓名,只习惯唤她"豆腐嫂"了。

那事儿

派 活

派活，顾名思义，就是安排生产队社员的农活。这项工作一般由生产队长负责。因为生产队"春打夏收，秋修冬造"，农活包罗万象。不同的农活需要不同的人去做，对不同的人有不同的分工。队长根据季节、天气和本队的生产状况，统筹安排。此外，队长还会根据每个劳力的技术特长、年龄、身体等因素，因人而异合理派工。比如你擅长莳田，决不会安排你去掏大粪。而你虽擅长莳田，又有严重的腰痛，那就只能分派你去做那些弯腰少或只需轻度弯腰的活儿。当然分派农活也不是一天一派，因为某项农活不一定一天能干完，至少三五天甚至十天半个月才能完成。其事其人得相对稳定一段时间后才重新分派新的农活。

我们生产队的主要农事大体可分为四类——种田耕地、开山育林、修库筑路、拓荒造田。队长分派农活往往还因农事闲忙，灵活变化派工方式。比如每到双抢季节，为了集中劳力，集中技术，集中时间，队长会把全队劳力分成若干个突击小组，如"割禾组""犁耙组""莳田组""送肥组""老农组""半边天组"等。这样既提高了劳动效率，又便于劳力管理。割禾组不敢怠慢，因为犁耙组等着翻耕，而犁耙组稍一歇脚，莳田组又追上来了，各突击组如同劳动竞赛一样的。

每天天刚麻麻亮时，队长就边"嚯嚯嚯"地吹着口哨边扯起喉咙喊——今天犁耙组到南泥冲犁田，割禾组到老虎垅割禾，半边天组……那带有磁性的、极富穿透力的哨声和喊声，就如同从队长那儿抛出的一枚枚无形的石子，它穿透了凌晨还笼罩在村子头顶的那层薄薄的雾霭，传进每一个农户家中被各种颜色的纸片糊住的窗棂，钻进了一个个还在打着大呼噜、做着美梦的庄稼汉耳膜里。

队长家的院落在村东较高的地头，院子后面有一个小山头式的高坡，高坡上有一棵银杏树。队长爬上高坡站在银杏树下就可向全生产队社员们发号施令。从这里发出的号令，促使村子从沉睡中苏醒了。不一会儿，村子里每个高高低低的院落里就陆续出现了女主人忙碌的身影。在女人们或轻言细语或大声呵斥中，男人们打着哈欠伸着懒腰起床了。他们衣衫不整地站在院子里，一边揉着迷迷糊糊的眼睛，一边就着女人烧好的开水，泡上一碗浓浓的老糟酒热热地喝了。喝完赶紧扛起犁铧，一手牵着老牛，一手拿着个隔夜的熟红薯，边走边吃。老牛见主人吧嗒吧嗒吃着东西，伸着长舌在嘴周舔来舔去。

这是犁耙组。在生产队的劳动队伍中，这算是一个主力生产组。这个组的成员都是清一色的年轻小伙子，是生产队里最攒劲的劳动力，他们一年四季与牲口为伴，承担着队里最繁重的农活。一到开春，泥水还冷得刺骨，他们却要开始把牲口套进犁铧犁地。特别是夏暑的双抢，一年之中农活最为紧张的时节，也正是当地一年之中气温最高的时节，犁地的任务更紧迫。有些牲口不适高温劳作而病倒或累倒，他们就只能利用早晚或干脆在月光底下通宵劳作。

还有老农组，也就是一帮年龄相对大的老农。这帮人属于"年富力强"的一拨，他们农耕经验比较丰富，很受队长的器重和社员们的尊重。他们在农活上承担的最重要的工作就是播种育秧、施肥除虫，他们使唤的牲口也是所有牲口里最强势的。自每年的春风吹起，大地解冻，他们就开始播种育秧。我们这里耕种的主要是水稻，所以他们育的是水稻秧苗，每年育三季（早稻、中稻、晚稻），每季生长期约四个月（含秧龄）。而生长过程中的中耕、除草、治虫、施肥等管理工作，都由老农组负责技术指导。

在我们生产队里，最庞大的劳动队伍是半边天组。这支劳动大军的主体是女人，还有部分操不起重活的老人和娃娃，骨干是女青年。这支队伍相对犁耙组和老农组比较宽松自由，谁要是有啥事可以不请假。因为她们手里没有牲口，也不是什么技术性很强的活儿，不需请假派人代替。但为了多挣些赖以生存、养家糊口的工分，谁也不愿平白无故地缺勤。这支劳动队伍干的活是比较繁杂的，比如，给猪圈清猪粪，屋前院后臭水沟里集家肥，山上烧制火土肥，旱地里种红薯、种花生、种玉米、种黄豆，给各类庄稼中耕除草，参加各类作物收割，晒谷分类归仓等。

在生产劳动中，一般都是由某一个组的组长带领，同时上工，同时下工，上午干活的中间有个歇息的时间。在这个约莫半小时的歇息中，男人们会席地而坐，烟瘾大的老者会卷个喇叭筒，伸出长舌用口水胶好"喇叭筒"的交接口，划根火柴迫不及待地抽起来。年轻后生会吞吞口水，悄悄从衣袋里摸出一根劣质纸烟。而大姑娘小媳妇，则会找个有水的地方洗洗手，在围裙上擦干，然后选个较干净的地方坐下来，小心翼翼地从身上摸出那个包了几层的新鞋底，羞涩地纳上几针。

一些还没有到劳动年龄还在学校读书的半大娃娃，寒暑假或礼拜天虽然无法参加集体生产劳动，但他们会在大人的引导下，主动做一些力所能及的活儿。比如，结伴去江岸山冈割青草，村里村外拾野粪，收割时去稻田里捡禾线（自然脱落的稻穗）。生产队会按质按量统一收集这些青草（肥）、野粪和禾线，并记给相应的工分。这些娃娃一天也能挣两三个工分。而那些勤快懂事的娃娃每天放学后，就开始在回家的路上割青草，或匆匆赶回家丢下书包提起粪箕拾野粪，虽然挣的工分不多，但对家里也是一个贴补，更重要的是培养了娃娃从小爱集体爱劳动的优良品质。

工分工分，社员的命根。因为工分是当时每一个家庭参加分配决算的唯一依据，是关系到每个社员生存的根本。只要是脑子正常的人，都会把挣工分当作不敢懈怠的头等大事。

当然，也有人参加生产队劳动时"磨洋工"，"出工不出力"，是"混工分"。但是，要过好日子，唯有下一把硬功夫，练就各项农活真本领。只有这样你才能在农村立得住，才能挺起胸，才能活出个样；如果你在劳动中偷奸耍滑，干活怕苦怕累，整天油嘴滑舌，不要说那些老农民，连婆娘媳妇都会看不起，你在生产队就会混不下去。

春 种

"一年之计在于春。"对于农村来说，春就是春种。但生产队的春种前还有最重要的三件事：种子、肥料和农具。这三件也叫备耕。

那年头，生产队解决种子问题依然是老办法，也就是千百年来沿用的自然留种法。种子是上一年从收获的粮食中留出来的，没有专门制种的说法，纯属自然繁殖。生产队的种子就存放在库房里，用多少取多少，当天用当天取，当天用不了的收工后交回库房。

肥料呢，主要是牛猪牲口的粪便和沤制的稻草肥，辅以少量的计划配给的化学肥料。临开春，队长就会充分组织队里所有劳力，把生产队牛栏和社员家家户户猪圈里的粪便清理出来。经过上一年秋冬猪圈里堆积沤制的粪便、稻草肥，在各家门前屋后堆成小山一样，由会计和记工员把"小山"过秤验收记好工分（队里定有记分标准）后，劳力就开始送肥到地里去。那时送肥主要靠人力，每个劳力自带一担竹箕用于送肥（能装八十斤到一百斤）。每年几乎都是正月初三开始，全队劳力开始突击送肥，历时半个月或二十天。我们生产队的春种主要是水稻，而田块分散，一个来回，远则七八里，近则二三里。有时生产队还采取定额记分的送肥办法，大大提高了送肥效率。

除了家肥（人畜粪肥），就是扩种绿肥（俗称草子肥）。绿肥的种子由政府有偿提供，种植也简单，只要将种子均匀撒在无水的稻田里，不几天就会发芽生长，一般在春种前两个月种植，待春种时就会浓绿一片。除了绿肥和家肥，政府还有一点计划内的化肥，这种肥一般是禾稳蔸后催苗时才用，十分有限。

至于农具，则可分两类，一类是社员自备的常用工具，主要有锄头、三齿锄、镰刮、镰刀、扁担、箩筐、粪箕等；生产队集体要备的是铁犁铧、铁耙、木桶、晒谷耙、竹筛、风车等。这些工具中铁制的部分都是铁匠打制的。无论公家还是私人，只要是铁制农具就得经铁匠之手。值得一提的是我们那儿的肖铁匠打制的工具中最好的是锄片。此外铁匠打制的农具只有"头"子，没有把子。农具的把子如镰刮头把、锹把、镰刀把、锄把都是社员自己配制的。铁制的头子配上木质的把子，农具才算最终完成，这样的农具可以视为是农民自己制造的。另一类是需集体准备的农具，主要有犁具、耙具等。犁具包括铁犁铧、木质犁身、木质牵引件、挽绳，耙具包括木质耙身、小犁铧子、挽绳等。其中的木制犁身和耙具技术含量最高。打造和修理这两种工具是专门的木匠的营生，一般的木匠做不了这事，这种行当在我们那儿叫装犁。

除了种子、肥料、农具，还有一项应准备好的工作就是相关设施，如修整三塘水库和桥路渠涵等，当然这些小型工程应该在上年冬修时安排好。一切就绪后，就开始做田。做田就是通过犁、耙、耖三道工序，把泥巴田整理成水平状。泥巴田的水要求有两三寸深，用农民的土话讲，就是"戛汤水"，其意是水深了不行，浅了也不行。这样的水位，才有利于莳田及秧苗的成长。

犁、耙、耖其实是传承了几千年的耕田方式，是纯技术活，一般人做不好。我们生产队只有几个老农会干这些活。犁田时，牛背上架着轭，轭上两根粗麻绳连接到犁的前端一根横档上，起着牵引犁头的作用。一根细麻绳，一头牵在牛鼻子上，一头握在犁田的人手上。犁田的时候，手时不时地拽着牛鼻子上那根绳子，嘴里还时不时地喊着"趁沟走（照直走）、撇着（右转弯）、牵着（左转弯）、昂（停下来）"。这样反反复复，不知不觉一丘田就犁完了。值得一提的是，犁田时，扶犁梢最关键，犁梢扶得不好的话，田就犁得深浅不一。如不小心，还会把犁身折断。

耙田的耙，长方形，一二十根白晃晃的铁耙齿错落有致地嵌在较粗的横铁上，就像巨型"梳子"。"梳"齿尖利约六寸长，耙的重量在四五十斤左右。"梳子"两端平行竖着两根半人高（约三尺）的铁柱，铁柱上端顶嵌一根锄把粗的横木。耙田时，人手握横木牵着牛鼻绳，让牛拖着耙，将翻耕好的大块的泥巴"梳"

理数遍，大块的泥巴就变成了"一锅粥"，算是耙田到位了。

耖田目的是平整田面。耖形同"梳子"耙。不同的是耙体（梳子）比铁耙长些，耙齿是由木头或竹片制成的。耖田也比耙田容易多了，牛拖着耖，人扶着耖，将耙过的田再略耖翻几回，就将泥巴田整平了。至此，做田工序宣告完成，可以莳田了。

莳田算不上重体力活，可以男女混搭。莳田的时候，大家你一言我一语聊着天，开着玩笑，时不时撩起一阵阵的欢声笑语。有的还玩起"关门"的游戏。莳田时男女劳力一字排开，秧插在前，人退在后。但偶尔会有人搞恶作剧，左右两边的人为了让中间那个人出洋相，先做好呵子（商量好），故意让中间那个人后退一截子，然后突然同时加快莳田速度。而中间那个人没有注意到这个变化，还是按照他原来的速度，结果，被左右两边的人拉开很远的距离，形成"品"字状，中间那个人就这样被关上了"门"。每每这个时候，田畈里就会发出"噢——噢——"的喝倒彩的声音，搞得中间那个人脸是红一阵、白一阵的，羞死了。玩笑结束后，左右两边的人又让中间那个人回到一条线上。

春种主要是水稻，而且是双季稻中的早稻。因为我们那儿百分之九十以上的生活用粮靠水稻。

其实我们生产队适合和习惯种的还有红薯、玉米、高粱、豆类作物等。这些作物有直接点种的，也有育苗种的。比如玉米、高粱、豆类作物等作物直接点种，红薯只能育苗栽种，红薯放置在堆满牛粪的地里，加以适当的温度，长出薯苗。待薯苗长到二十厘米以上，再把薯苗移栽到准备好的地垄上。这些水稻之外的作物在我们那儿统称为"杂粮"。可以春种，可以夏种，甚至可以秋种，适时下种即可。这些作物有一个共同的特点，生长日期短，土肥要求不高，抗旱能力强，易种易收。社员们往往在春种水稻之后，才慢慢顾及"杂粮"种植。

春种过后还有中耕。中耕是农事的一个重要环节。水稻中耕的作用主要是去除杂草，疏松土壤，消除土壤板结，提高地温，增强土壤的透气性，改善土壤理化性质，并能切断地表土壤毛细管，减少水分蒸发和保持植株周围空气相对湿度，搅乱氧化层和还原层，消除泥土中有毒物质，减少禾苗发病机会。同时，保持地表以下有一定的水分含量，加速肥料分解、切断部分老根，促进新根、分蘖早发和禾苗根系生长。

水稻中耕的过程比较烦琐：莳田后分蘖期，需结合追肥（氮肥）及时进行中耕除草。分蘖拔秧的目的是给秧苗松土，使肥料与土壤融合，起到深施效果，减少肥料流失，利于根系吸收，提高肥效。在土壤黏重、施用未腐熟有机肥多的田块，及时中耕效果更好。

水稻中耕的时间一般是秧插下半个月后开始头一回中耕。次数应根据水稻品种的全生育期、土壤和杂草发生的情况决定，一般两到三次。第一次中耕应在返青后结合追肥进行，过迟则伤根多，草大不易拔除，耗时效果差。头回和第二回以每隔十五到二十天为宜。但最后一次要在穗分化前结束，以免伤根，影响幼穗分化。

水稻中耕要求做到中耕之时水要浅、天要晴，头道浅、肥拌匀，二道深、耕到根，三道精、田面平。草除净、肥土拌匀。力求做到巧施穗肥，寸水回青，浅水分蘖，中前期要注意露、晒好田，提高抗倒能力。秧苗插下稳蔸之后，追过一回肥，它们就摆出成长的姿势，见风就长，见光就蹿。明晃晃的田水，秧苗的倒影随风波动，禾叶款摆的身腰如傣家女婀娜的身姿。隔年草根与无由存在的草籽借助肥力不合时宜地探出头来，舒展身子吸收水田上的阳光。它们不认为抢夺秧苗肥源有何不妥，跟秧苗一样攒足劲拔高、分蘖，占满田间空隙，或者混进秧蔸，拉长叶子伪饰秧苗，一副似欲挂穗产粮的假模式。

中耕是为了保护禾苗。从秧苗下田到吐穗灌浆成熟，得中耕两三回。特别是晚稻头一回中耕是在初秋，秋老虎威力正劲，这使得中耕时每个人都是挥汗如雨，大有"汗滴禾下土"的况味。

中耕一般从早上天边布满万道霞光开始，此时太阳正在酝酿最后的力量，作跳出东海的准备。田里的水经过一夜冷却，凉浸浸的，蛙叫一两声，叫得空旷辽阔。插进水里的脚有些许迟疑，弄不明白哪个秧蔸头缠着泥蛇，哪个泥洞里藏着乌梢蛇。但是，杂草等着我们，它们长错了地方，注定要被连根拔起。

中耕的时候，腿是直的，身子是佝偻的，后背朝着太阳，像镰刀，又像后羿射九日的弓。汗水很快浸透粗布衫，有打赤膊的，一粒粒汗珠如蚯蚓似的从古铜色皮肤上滑下来，叭地跌进田水里。

身子前端，两只手直直地或斜斜地垂下去，类似于猿人的姿势。

伸进水里的手绕着秧蔸前后左右扫动，遇草就扯，扯伤筋骨，拉断根须，随手深埋禾蔸化作青肥，或扔到田埂上，待最后收走，避免它们春风吹又生。杂草里有剑叶的"野酸子"，有缠缠绕绕的藤葛，不一而足。有的田丘里还长着水浮莲，这里一撮，那里一块，看得人心碎。水浮莲繁育能力强，特吸肥，不除，禾苗长不高，挂穗就困难了。但水浮莲是上好的喂猪饲料，倒锅里煮，拌些糠麸，猪吧唧吧唧吃得欢快，长肉也快，正好一举两得。这是头回中耕。

二回中耕时秧苗长到膝盖高了，直在腿肚上挠痒痒，一下一下又一下，狠劲往肉里钻，让人疑心是蚂蟥爬上腿肚。山垅田盛产蚂蟥，它们灰褐色，肉乎乎、软绵绵、黏糊糊的。蚂蟥爬过皮肤会留下一道闪光透明的胶质轨迹。没几个人不怕蚂蟥，尤其妇女和小孩，除一会儿草就掉过头查看腿肚，因为这里最让蚂蟥青睐。

日头暴晒的水田里，温热，有时偏烫。田泥没过脚踝，裹住脚，仿若脚是种在稻田里，移不动。有的山垅田的田角地尾，水晒不暖，冰凉冰凉的，就得小心了，一准是块沼泽，要是踩偏了，不小心陷进去，可能会有生命危险。我亲眼看到耕牛陷进沼泽，头露在外头，队里的人费了九牛二虎之力，才将它弄出来。上山前，大人会提醒哪一丘田有沼泽，小心陷下去，流进东海。现在想想，沼泽连接大海的说法很荒谬。

中耕过的田块干净了，秧苗吃足肥料，喝饱田水，长了精神气，抖擞抖擞，派给它们的差事就是长谷子。谷子一抽穗，压弯腰，空气中仿佛散发青草味儿的饭香。半人高的稻谷，挤挤挨挨的，满眼都是丰收在望的景象。

劳动着是美丽的，站在绿油油的稻田想开去，仿佛看到了沉甸甸的稻谷、白花花的大米、香喷喷的白米饭，一时心中美不胜收。

双　抢

　　我早已离开了农村，不用再受炎热七月顶着毒辣的太阳搞双抢的苦累，可脑海里总抹不去那刻骨铭心的画面，心中忘不了那复杂难言的滋味。

　　在人民公社集体经济时代，从事双抢的主要劳力多是精壮的成年农夫或农妇，虽要求老弱病残和少儿全体参与，但他们只做些力所能及的杂活儿，如翻晒刚收回的稻谷，送稀饭或茶水到田头，拾稻穗，递禾稿，等等。

　　双抢时节，天刚亮，主劳力们就空着肚子，肩上搭一块毛巾，戴上草帽或斗笠，担起空谷箩，握起镰刀，奔向田野。到了田间，面向稻浪，背负青天，挥舞起镰刀，弯着腰，将稻子一蔸一蔸割倒，一堆一堆整齐地码在田里。割了一会儿，为节省时间，索性在田头吃了家人送来的早餐。早餐后不休息，开始启用打谷机脱粒。此刻已烈日当空，骄阳似火，汗流浃背，会感到全身火辣辣地疼，但是却没有任何理由退却。站着割累了，就蹲着割，蹲着割也累了，干脆一只腿跪着割。看着眼前金黄色的一大片，内心充满着丰收的喜悦。

为激励自己继续战斗，他们有时会将斗笠往前一扔，给自己一个目标：割到斗笠那儿，就给自己放一会儿假，或到田埂上坐一下，或喝口水。可别想得那么美，队长的声音如同战鼓，此刻正在扯起嗓子喊加油呢，你敢自个儿休息吗？

一块田的稻子被成片割倒了，就得开始打稻。那时我们老家打稻就是用那种脚踩的滚筒式打稻机。用这种打稻机打稻，分工较为明确，最重要也是最辛苦的就是边踩打稻机边打稻，一般都是两个精壮劳力同时进行。一方面脚要用力踩，以保证滚筒有一定的速率，另一方面双手还要不断从打稻机的机箱上取稻把，轻放在滚筒上，且要不断左右转动，确保稻穗上的谷粒能全部打干净，打完后抛出稻草，再继续取稻把……我大约读初中时才开始打稻。这倒也不乏乐趣，只是脚踩打稻机是个力气活，烈日当空下挥汗如雨，体力往往跟不上，只能靠意志去支撑。这种高温下高强度的劳作实在是种煎熬，但那时无路可退，民以食为天，人要活着，就要靠脚下的这块田地。

说完打稻，再说晒稻子。带着水分的稻子打出来挑回家后，称为毛谷。毛谷还得在晒谷坪上摊开翻晒，晒的过程中要经常翻动，用竹扫把或木耙子不断清出剩余的碎禾叶或杂草。晒干后还要用那种专用的木制风车扇去空稻壳（瘪谷）和其他杂物，留下颗粒饱满的纯正稻粒，这过程需两三天。那时候，晒稻子也挺费神费力的，晒的过程中，为保证稻子能均匀晒干，每隔一段时间就要去翻转，或用铲板一块一块去翻，或用耙子，或赤着双脚在摊开的稻子上划出一条条横沟，起到翻稻子的作用。为防止鸡或麻雀偷吃，队里的小孩童和老人就派上用场了。他们拿一根头部扎着破油纸或废布料的竹竿，坐在阴凉处，看见鸡或麻雀就挥舞竹竿去驱赶，在那时也算是沉闷乡村一道别样的风景了。

晒稻子最怕的就是突发暴风雨，经常在午后，发现有一方天空黑下来，可能就是暴风雨来临的前兆。那时没有天气预报，只能凭经验判断，胆小的说赶紧收稻子，胆大的说等等看。但很多时候暴风雨说来就来，全队人就要与暴风雨抢时间。往往稻子刚收回仓库，天空就一片漆黑，电闪雷鸣，暴雨倾盆而下，几十分钟后又日出云散，天气凉爽，老天爷仿佛在捉弄庄稼人。那时双抢季节暴风雨突发现象特别频繁，记忆中，稻子收回不及时被雨水淋湿的现象也时有发生。

抢收完稻谷，紧接着是抢种。抢种也是一件很辛苦的事，在我的记忆里，当时犁田、耙田，主要靠牛拉，这个活大多是男人来干。犁田和耙田是一项技术活，也是一项辛苦活。一个生产队会犁田、耙田的人不多。他们清晨三四点钟便起床牵牛去犁田，犁好后用耙把泥块耙碎耙平整，才能莳田。犁田耙田的人早出晚归，满身是泥是汗，由于在田里来回次数太多，脚板能被泥块擦出血，但这项忙碌而苦累的活儿，往往还不被社员们所理解，因为大伙儿都等着犁田耙田的人快些把田平整然后好插秧呢。

双抢白天有白天的活,晚上有晚上的安排,晚班扯秧是经常的事。每次晚班生产队都要安排免费的晚餐吸引更多的劳力参加。每每这时,仓库前是一天当中人最多的时候,无论老小、男女劳力都会到齐。尽管没有什么下饭的菜,但白米饭是可以尽量享用的,这对大家来说已是一种享受了。因此,人们吃得津津有味。此时太阳已经下山多时,暑气消减了不少,仓库晒场上不时掠过阵阵似有还无的凉风,人们很快从白天的劳累中恢复过来,乐观的情绪随着谈笑声在晒场上升腾起来,人们边吃边七嘴八舌地交流一天的收获,讲述听到的新闻,谈论一天的趣事。男女青年更是抑制不住青春的活力,语气中充满挑逗,纯洁而又直白,把用餐场上的气氛渲染得好不热闹。饭后,人们拉开长长的队伍,移动被夜色模糊的身影,蜿蜒行走在田间的小路上。这情景,很自然地让人联想到电影里部队在黑夜中执行任务的镜头,仿佛这些人也是去执行一项光荣而又艰巨的任务,神秘而又神圣。

　　此时,秧田里亮起了电灯或松火。整块秧田除了说笑声就是扯秧和洗秧的哗啦声。扯秧的动作慢了队长会瞪着你,个个都紧张,人人看队长。每扯一把秧,唯有借捆秧时可以站起来缓解一下腰酸。

　　晚上扯秧的好处便是天气凉爽,还节省了第二天早上的时间。但是,天黑也看不见趴在脚上吸血的蚂蟥。尽管有人说在下田之前脚先涂上清凉油,下田后可以减少蚂蟥的困扰,但久而久之蚂蟥闻惯了清凉油的味道,无论你涂抹多少清凉油,总是避免不了那恶心的蚂蟥爬上腿脚，在那些被蚊子叮咬后抓破的伤口上使劲地吸血，拉它多长都不松口，那种感觉至今想想都觉得可怕。都说用秧叶一扫它们便会松口，但是它们叮上你之后，你怎么也扫不下它们来，除非它们立足未稳。扯秧还要会扎秧，我们那儿常用笋壳叶或稻草扎，扎活结，插秧的时候容易解开。扎松了，容易散掉，扎紧了，秧苗会受伤。老一辈手把手教年轻人，一个一个地试，年轻人学会了又教下一代年轻人，一代一代传，就像一项多么伟大的工程技术似的。

扯好了秧苗，就可以插秧了。下田，弯腰，将手里的秧苗掐分成一小撮一小撮快速插进泥巴田里。原先大家是并排着，一锅烟工夫就有了差距，有快有慢，依次倒退着走。如同一场赛跑，谁都想争先，谁都很紧张，头都不敢抬。嗨！原来插秧也是个技术活，不仅要快，而且要准。不能插得东倒西歪，秧苗会浮起来，不能成活，回头还要补插。毒辣辣的太阳，加上滚烫的泥水，社员们个个汗流浃背，草帽下的汗水顺着额头流进眼里，一阵阵刺痛，搞得睁不开眼睛，随手一擦，又继续干。望着一棵棵小小的秧苗将水汪汪、白茫茫的一片水田装扮得郁郁葱葱，大家心里美滋滋的。它们将茁壮成长，长成一片金黄的稻田。在农人看来，播下秧苗，就是播种希望。

抢插上岸了，双抢才算结束了。

转眼几十年过去了，农村也发生了翻天覆地的变化，现在机械化程度也比较高，犁耙不用牛拉，收割不用人工，插秧也有插秧机了。虽然我已经好多年没参加双抢了,但双抢留给我的记忆刻骨铭心。它让我懂得生活的艰辛,让我在未来学会了忍耐、坚强和宽容。

卫生所

在我的记忆中，我们大队的合作医疗开始时，设立了卫生所。卫生所是在大队学堂楼下的一间光照不太好的屋子里。大队学堂是一栋二层土砖青瓦的大房子。大队党支部办公室也在这里，大队干部会、党员会都在这儿召开。卫生所内陈设简陋，一张桌子，几把凳子，一张杉木床，一个棕色带有红十字的猪皮保健箱，一个听诊器，一个体测计，一个装有少量药品的西药柜，一个高高大大的中药柜。药品种类蛮少，最主要的是青霉素、板蓝根之类的治疗感冒、发烧、腹泻、痢疾等常见病的药。中药大都是自己采集和配制的藤藤草草。我们大队有一位专业采药、制药员，据说是名中医的后代，采制土药是把好手，大伙都信得过他，喜用中药治病的人也多。合作医疗起初创办，好像是利用大队林场的收入作为启动资金，之后，每个社员每年缴纳五角钱，加上各生产队从每年提留的公益金，作为卫生所的周转金。社员每次只交五分钱挂号费，即可就医。

医生（即赤脚医生）是由大队党支部和革委会研究挑选出来的，有一定的文化基础，肯吃苦耐劳，而且还要有大公无私精神。赤脚医生必须参加过短期培训，并到公社卫生院跟班实习过一段时间，最后，经县、公社卫生主管部门鉴定后才能到其所在大队给社员看病、开药、打针。

我们大队有二男一女三个赤脚医生。一个背着小药箱走村串户巡医，一个专业采配中药，一个坚守卫生所接待病人。三位医生各有所长，都有良好的医技。他们既分工又合作，对疑难杂症会共同会诊，需往公社和县里送医的，会稍作处理后帮助护送，但为减轻群众负担，小病一般不出村。

赤脚医生的待遇，也是相较生产队的同等劳力记工分参与分配，没有后顾之忧。比如大队卫生所那位女医生，就是从我们生产队挑选去的，她不仅行医，还兼做接生娘，常常半夜去给人接生。年终分配时，生产队会按妇女中待遇最高的劳力，来确定她的待遇。

那时，赤脚医生们昼夜不分，风雨无阻，无数次奔走于崎岖坎坷的山道上，献医送药，在村民偏僻闭塞的陋室中，经常有他们救死扶伤的身影。

合作医疗作为根据形势逐渐形成和发展起来的一种医疗保障制度，成了解决农村居民疾病医疗与保健问题的主要依托。它为农民的健康服务，是农村社会保障体系中的重要组成部分。它是群众的互助互济，从一开始就强调群众自愿的原则，通过政策引导、实施效果引导以及群众相互影响等来吸引群众参加。

在当时，这项制度与农村社、队集体核算制度相适应，其经费主要源于集体公益金的补助，社员看病只需缴纳少量的费用，因而是一项低偿的农村集体福利事业。

卫生所以全方位服务为内容，虽然设施简陋，但它有着十分丰富的服务内容。在实行合作医疗的地区，卫生所不但为农村社会成员提供一般的门诊和住院服务，而且承担着儿童计划免疫、妇女孕产期保健、计划生育、地方病疫情监测等任务，并开展各种预防工作和饮食卫生工作等。由此可见，卫生所虽建立在大队，是中国最低层次的医疗保障，但"麻雀虽小，五脏俱全"，对保障农村社会成员的健康发挥着多方面的积极作用。

知青点

二十世纪五十年代至七十年代的知识青年上山下乡运动改写了无数热血青年的命运,他们在岁月中沉浮经历,给历史留下了道不完的话题和回忆。

记忆中,我们生产队先后来过四批知识青年,最早一批是一九六八年秋的一天下午,我们公社唯一的一台农用"东方红"牌拖拉机,为我们大队送来了白沙矿务局的二十二名插队知青。其中三男两女被安排到我们生产队"落户"。

刚开始,队里把知青们分别安排在农户家搭伙,政府补助知青每人每月九块钱伙食费,他们就把这九块钱全给了"搭伙户"。"搭伙"两个月后,就让他们独立门户了,目的是让他们锻炼独立生活和劳动能力。生产队修整了几间老仓库,让五个知青住了进去。他们五人组成了同吃一锅饭的知青户,户名称作知青点。

知青点也学着当地农家的模式——"女主内男主外",既分工又合作:女知青周永文、刘外花负责做饭洗衣打扫卫生,筹划柴米油盐，男知青唐关心、贺解生和刘毕生常利用工余上山砍柴，还在生产队划定的自留地里种些瓜瓜菜菜。我们村前有条江，唐关心、贺解生会游泳善摸鱼，常见他们有鲜鱼解馋。

那时我刚高中毕业，年龄也和知青相仿，在农村也算个回乡知识青年，因此和这群知青交流多一点。特别在他们的宿舍，看到床头、桌面、椅凳上到处堆满了我从没见过的书，如《艳阳天》《苦菜花》《暴风骤雨》《山乡巨变》《金光大道》……我真想据为己有，终于憋不住开口借书。没料到他们蛮大方，说你想借哪本拿去就是。我内心那个高兴就别提了。

记得知青下队后，遇到的首个问题是日常生活问题。比如，他们不会烧柴火灶不会做饭。我目睹他们烧锅时弄得满屋子烟雾，熏得人眼泪横流，要么把饭烧焦，要么饭半生不熟。火怎么也烧不旺，队长催工的口哨响了三遍，社员们早就上工了，他们的饭还在锅里，他们被满屋的浓烟呛得猛咳嗽，常常迟个把小时上工。队长提着闹钟上工，按队里规矩每迟必罚，迟到时间越长罚工分越多。再说他们生活无计划，三天两头不是缺油就是少米，又不好意思去乡亲家暂借，常常吃点红薯稀饭或饼干面条之类的，就跟着社员们上工去了。最困难的是不会种菜，生产队划给他们的菜地成了荒地。他们只能常常吃白饭，或在白饭中加点盐加点白糖和开水什么的，实在吃不下，就干脆拧开酱油瓶盖，稀里哗啦把酱油淋到白米饭上。大概因为肚子饿了，两眼一瞪，无奈地把饭横嚼竖吞，又算一餐，让人见了落泪。作为常去借书后来和他们成为老朋友的我,就生出同情之心,悄悄从自家菜园里,今天摘几根黄瓜,明天弄些青椒,有时还搭上几只鸡鸭什么的给他们。

在知青面前表现最突出的要数我堂哥。堂哥五兄弟,他排行老二,父母双全且身强力壮,家境蛮好。堂哥初中毕业后自愿回乡务农,但依然爱书,爱和读书人交流。他见我从知青点借了书也跟着借了。不同的是堂哥为知青做的事比我多。比如过端午了,堂哥家会送一挂黑豆粽给知青们品尝。中秋到了,知青们会吃到堂哥家的糯米糍粑。每年春节后知青们回村时,第一餐会在堂哥家团聚。又比如,知青住宿的老仓库夹在村中不透气,夏天一到藏在墙缝里的谷虫和蚊子扎堆,弄得人坐立不安通夜难眠,堂哥就会用杀虫药喷射老墙内外,这杀虫药真灵验,每杀一次能保三五天。

一年后,上头来了笔专款,要求生产队新建知青点(房)。堂哥第一个双手赞成,而生产队选定的建房地点恰在村前堂哥家的自留地里,堂哥家二话没说就让出了自留地。不到半年,一栋南北通透、阳光充足的二层知青房拔地而起,知青们乐呵呵地搬进了新的知青点。

知青遇到的问题,除生活问题外,就是不会劳动,干不动体力活。而生产队的事儿永远没个完,一年四季都不闲着,农忙时要种,要收,要田间管理;农闲时要造肥积肥,开山育林,整田培土,修库筑路。晴天有晴天的事,雨天有雨天的活。因为农业生产不同于工业生产，这个月减产可以下个月补上，田间管理错过了这个月，下个月是补不上的。而知青受不了这样的劳动，加之生活没有必要的保障，很快就把身体累瘦累病了。好在当地领导们能设身处地关怀知青，爱护知青。比如，对体弱多病确不适应繁重体力劳动而又有上进心的知青，因人而异，分别安排到乡村学校、大队卫生所、公社所属企业或其他适合的工种，既支持了知青上山下乡运动，又增强了农村文化知识力量……

我们生产队的女知青刘外花上进心很强，但因身材矮小不适应繁重体力劳动。她既没有被安排进学校教书，也没被分派到其他适合的工种。她沉住气，不多言，不和别人攀比，依然同乡亲们一样，日出而作，日落而归。

刘外花和其他知青一样，最怕蚂蟥。而我们那地方，无论春夏秋冬，只要一下水田，蚂蟥听到水响，随之而来。有一回刘外花正弯着腰专心致志地莳田，不知不觉双腿爬了七八条吸得肥嘟嘟的蚂蟥，吓得她哇哇大哭直跺脚。当时正巧我堂哥在场，堂哥立刻丢下手中的活儿，快速把刘外花腿脚上的蚂蟥一条一条地拿下掐死，然后把她脚上的血洗干净，涂上清凉油。堂哥这样做已不只一两回了，他口袋里总有一瓶清凉油，只要他在场，只要她的脚被蚂蟥或别的虫子叮咬，他便会立刻出手。他还手把手耐心地教她莳田，教她很多种农活，她都愿意学，也都学会了。

知青们在农村生活长则七八年，短则三五年。但无论时间长短，他们都没有忘记下乡期间勤劳善良的乡亲给了他们无微不至的关心照顾，没有忘记那个让他们在最美年华洒下辛勤汗水，与乡亲们同甘共苦建立深厚感情的地方。后来他们虽然离开了那片又爱又恨的土地，但让他们魂牵梦绕挥之不去的，还是那份刻骨铭心的牵挂和友谊，有的甚至把那片土地称之为第二故乡。

然而，作为和下乡知青同代的回乡知青，作为被历史记录的第二故乡的亲历者和见证者，我想真诚而亲切地向当初的知青们道一声——你们辛苦了，现在还好吗？如今，你们第二故乡的乡亲们的日子都好起来了，当初低矮潮湿的土墙屋换成了钢筋水泥制成的宽窗楼房，那群山，早已橙果飘香，那条江，更是清水照人。水泥公路通到了家门口，自来水哗哗入屋了。而丰盛的宴席无声中替代了昔日的大碗淡土酒。尤其是那些人啊，个个扬眉吐气，光鲜活泛精神饱满。

知青点，让人刻骨铭心；知青生活，令人魂牵梦萦。现今重温那情那景那日子，许多事儿、许多细节已经慢慢遗忘，如同梦中归乡，许多面孔模糊了，许多名字对不上号。但历史留给我们难以抹去的记忆，那种曾经共有的悲欢离合，早已化作浓浓的真情，永远永远深藏在心头。

副　业

"以农为主,以副养农"是那年头农业生产的经营方针,也是生产队的一个重要经营方式。副业和粮食生产有着不可分割的联系,副业抓好了,可以促进粮食生产,提高社员生活水平。

我们生产队对副业十分重视,社员们把种植水稻以外的生产都叫作副业,把抓副业叫作抓现金。队长每年要安排好些劳力专抓副业,并分成几个组,记忆中有杂木组(砍伐竹木)、畜牧组、工匠组、条编和草编组。

先说杂木组。对于我们生产队来说,除了粮食(水稻)收入,竹木便是主要收入了。为此生产队就把竹木当成主要副业来抓,每年要安排四个精壮劳力采伐松树、杉树、樟树、楠竹等。但开垦大面积荒山和从山上背运竹木到公路边出卖时,就不是这四个人干得了的,必须待农闲时全体劳力上山突击。队长在社员大会上说得最多的一句话,就是:"我们有田(人平均约一亩)有山(人平均约十五亩),有一双手,只要人不懒不惰,还怕没吃穿吗？！"社员们也留下了经典口头禅："吃饭靠田，用钱靠山。"是啊，在我们那儿，开门见山，抬脚遇林，当初全队人平均约十五亩山，在当地算是多山多林的生产队。发展副业生产有着得天独厚的自然资源。记得我们生产队一九七七年的副业总收入有九千一百多元，而同年的粮食收入是九千四百多元。

由于我们队有丰富的竹林资源，县林业局每年会与我们签订收购合同。而我们村前有条江，山林大多位于沿江两岸。沿江两岸的竹林砍伐后，可顺江流到四五里水路远的大公路旁边，大公路属县道，可直通大卡车。林木和楠竹往大卡车上一装，就变成了钱。这样既减轻了人力运输负担，又提高了劳动效率，这算是我们生产队一笔重要的副业收入。

山田到户后，山里的日子日渐活泛起来，肯动脑筋的人搞起了家庭小副业，就率先买来了做木活的家伙，凿啦，锯啦，斧头啦，一有空闲就敲敲打打，先是做些简易的家具自用，后来就备些木料或做些城里人用得着的山货往山外送。后来一带一，一传十，全村凡有能力的人家，都赶往山外买了做木匠的家伙，从责任山里伐来木头，每到农闲时节，全村就热闹非凡，叮叮当当拉锯像唱歌，斧头像敲打音乐节拍，全员参与，像在演奏一曲生动的山里"农工曲"。

再说畜牧组。畜牧组多为妇女和老人。两个放牛的（共二十五头牛），耕牛主要用来耕地，但每年都要出卖一到三头，每头七百到九百元。五个养猪的，上头号召发展集体畜牧养殖事业，并努力增产各种畜禽的副产品。我们生产队一九七四年办起了养猪场。起初，两个饲养员养二十头猪，后来增加到五个饲养员养八十多头猪，其中两头产仔的母猪，还有一个专为猪场砍柴煮潲的柴火工。旺盛时期，每年能出栏近六十头猪，也是一笔不小的副业收入。

那时，除了生产队办有集体猪场，还鼓励社员每户每年出栏一至两头猪，因为政府每年会下达生猪上缴任务，单靠集体养猪场远远完不成任务。因此，养猪成了生产队集体和个人互利互赢的副业。一头猪至少要喂养一年才能出栏宰杀，我记得当初食品站收购价分特、甲、乙、丙四个等级，其等级重量标准是：特等每头一百六十斤以上，甲等一百五十斤以上，乙等一百三十一斤以上，丙等要达到一百一十斤。而等级不同价格也不同，即特等毛重每斤五角四分八厘，甲等每斤五角一分七厘，乙等每斤四角九分四厘，丙等每斤四角八分二厘。与生产队自宰自销不同的是，不达到等级，食品站是不收购的，而达到等级的，除按等级价付款外，国家还会分别给予稻谷和布票等配套奖励。此外，生产队为鼓励社员养猪，除卖猪的钱全部给社员外，还按每斤毛重补给稻谷一斤，作为饲料弥补。一句话，无论上缴还是宰杀，都得由生产队统一安排，统一进入副业收入账单。

还有一笔副业收入来自四个手艺人，一个窑（砖瓦）匠，一个木匠，一个剃头匠，还有一个篾（竹器）匠。他们被称为工匠组。生产队允许他们脱产从事技艺活，但他们四人每年年初必须和生产队签相关协议，定时间定任务，也就是说年底能交多少钱给生产队，生产队给他们记多少工分（用搞副业所得的钱买工分），并在年终兑现协议，才能记相对应的工分参加集体年终分配。这又是一笔收入。

条编和草编组呢，参与的人数就更多了。农村中的许多生活用具和生产工具是用楠竹篾丝或枝条编织而成的。民谚中说："竹编簸箕柳编筐，树皮能编花样。"而我们队用的主要是楠竹，用来编织生活用具和生产工具，譬如竹筷子、竹捞箕、竹线帚，还有箩筐、背篓、土箕、蒸笼、斗笠、米筛以及小孩用的竹饭碗、竹玩具……无奇不有，样样皆竹。其产品工艺精细，具有浓厚的地方特色，既有实用价值，又有欣赏价值。而草编就是编草鞋。山里人上山劳作多，容易伤鞋，穿胶鞋或布鞋不合算，草鞋既便宜（每双一角五或两角）又不打滑，晴雨皆宜，所以人们都喜欢穿。有支歌赞美草鞋道："麻耳草鞋两朵花，穿上犹如把翅插，又利水，又耙滑，爬坡过江最利洒，啥鞋都难比上它！"

我们生产队几乎家家都备有"草鞋扒子"，就是由五根小木棍组成的打草鞋工具。打草鞋多在雨天或夜间进行。草鞋可用龙须草打，这种鞋软和，但不耐穿。我队社员打草鞋一般用稻草、野麻、布条、桑皮、棕丝等，做出的草鞋舒适耐穿。这些产品均可售卖，一般由当地供销社统一收购，或农民到市场零售，这已成为当时农民的一项重要收入。

还有一笔副业收入。县林业局奖给我们生产队一台手扶拖拉机，这台拖拉机农忙时可以耕田，农闲时可以搞短途运输，也能有一笔收入。

此外还有些零星收入，如养鱼，种果树，社员业余副业产品等。那时生产队经营的副业，一般是集中经营与分散经营，根据不同的内容，采取不同的形式。

社员的家庭副业，一般是资源比较分散，便于利用辅助劳动力，适合于个人和家庭经营的项目。社员在保证完成集体劳动任务、积极办好集体经济、不妨碍集体经济发展、保证集体经济占优势的前提下，经营各项副业生产。

交公粮

公粮包含征粮和购粮两种,是国家指令性任务。"征"与"购"是两个不同的概念。"征"是征公粮,是农民以无偿上缴粮食的形式向国家完成缴纳的税收。而"购"是政府下达的有偿粮食统购任务,是有偿缴纳。国家购粮时,会按收购价(平价)付给粮款。还有一种叫"三超粮"或"丰收粮",就是遇到大的丰收年成,还要"卖余粮",把多余的粮食卖给国家,价格略高于购粮的价格,是自愿的。

征粮和购粮除特大灾害外,必须年年足额上缴。每年春末夏初上级下达公社上缴公粮总任务后,快到头季庄稼成熟的时候,公社就开始要求各大队上报"公购粮"的计划。这时,大队就会成立一个工作小组去各生产队"估产",这个工作小组除了大队领导,还有各生产队的会计。通过"估产",了解各个生产队的庄稼长势和收成,并以此为依据,预推出上缴"公购粮"的计划,然后经公社批准计划,才正式下达当年上缴"公购粮"的任务。

每个公社有一座粮站，粮站是基层民生部门，既肩负着收购农民所交公粮的任务，又要日常供应企事业机关单位吃商品粮户的粮油，还要为国家储存预防自然灾害的粮食。每年农民交公粮的时候，也是粮站最繁忙的时候。秋征即指粮站秋后收购公粮，最令人难忘的是农民热火朝天交公粮的场景。

每年一到粮食收获的季节，秋征工作就拉开了序幕。那年头生产队大都没有通公路，也没有汽车和拖拉机运输，送公粮全靠农民肩挑背扛。此时，夏暑未退净，秋虎又扑来。长长的送粮队伍似一条生机勃勃的长龙，踏着热浪挥汗如雨，你追我赶地向粮站奔去。

每天早上天刚蒙蒙亮，就有人挑着稻子到粮站大门口，自动自觉地排起了长龙。他们是粮站周边生产队的社员，起得早，路途短，占了地理上的优势。这些男男女女，七嘴八舌嘻嘻哈哈，甚至高声大叫，把仍在睡梦中的粮站工作人员吵醒了。虽然早晨趁凉好睡觉，可紧张的秋征才刚刚开始，怎能贪睡呢！

他们爬起来，洗罢脸，两个馒头一碗粥仿佛停留在喉管上，就匆匆上班了。社员们早靠着磅秤把一担担粮食排成一字形队伍了。他们坐在箩筐或粮袋上，吸着旱烟等着检验人员和过磅人员。检验人员一到，社员赶紧全都站起来拥了上去。

检验人员有一大收稻神器，叫"钎样器"。一个带把的长两尺左右的圆柱体，前端尖锐，中间部分开膛。不管你粮袋有多深，往袋底部或中上部戳进去，再旋转一百八十度，拔出来，里面稻子样品就一览无余了……

也有投机取巧的生产队，把半瘪的稻子或杂质严重的稻子装在底部，一旦查出来，队长就一脸尴尬，讪讪地笑着作些不知情的解释，但没有用，迎来的是粮站领导一阵严厉的批评。队长只好打发社员，挑着不合格的粮食悻悻返回。

最难办的是稻子受潮了，不是人为的水分超标。上午来得早的，还可以在粮站场地晒一晒；来得迟的，挑回去还得再挑来，不行就放在粮站过夜了，生产队得安排人守夜，第二天接着晒……

二十世纪九十年代末，农民交公粮既可以用粮食，也可以按市场价折算现金。每年初夏村里向农民发通知卡，入秋时在村里挨家挨户收缴现金，逐日向乡政府上报进度。

再后来，种田的农民不再向国家交公粮了。2006年，我国延续两千多年的农业税，最终退出了历史的舞台，悄悄地进入了农耕社会的博物馆。

向来令人仰慕吃香喝辣的粮站，早已铁将军把门，院内断壁残垣杂草丛生一片荒凉。而基层粮站的兴衰，也见证着从物资匮乏到粮油开放的历史变迁，见证着中国从一穷二白、百废待兴、物资匮乏，到市场繁荣、物资丰富、经济建设快速发展的新时代。

分　配

分配即年终分配，也叫年终分红，是生产队唯一的分配形式。年终分配之前，生产队会按照相关政策，结合本队实际，做好年终分配的前期准备，比如四属户、五保户和特困户的年终分配问题等。

那年头，农村有人在外拿工资的家庭叫四属户，四属户俗称"半边户"。夫妻中有一个是非农户口，有正式工作拿工资，另一个及其子女是农业户口，吃农村粮拿工分，这样的农户叫四属户。

四属户一般都生活在农村，一般女方及其子女属农村人口。由于女方工分级别低，子女还未成年，所得的工分就很少，而工分又是生产队给每家每户分配钱物的主要依据。每年年终结算，工分少的四属户现金账上不但没有余钱，相反还会超支（欠生产队的），少则数十，多则数百，需拿工资的那一方交钱销账。但也有不自觉的四属户，有钱不交，无视超支款。这样就逼迫生产队采取措施，即四属户超支，必须向生产队如数交清超支款，才能领到一家的口粮和其他食物。

其实，家里有人在外工作拿工资的，表面是超支，实际比村里其他人生活条件是要好些的，因为他们常有活钱用。比如说，像保温瓶这样的奢侈品只有四属户才有，只有四属户才常到公社食品站买猪肉吃，真让人羡慕。不过也有交不起超支款，领不到口粮的情况。因为那时候工资低，家庭人口多的，可能会弄得既没钱又没粮……

生产队时期的五保户和现今的五保户概念差不多。

在我的记忆中，有一对常年脸带笑容的夫妻，是五保户。他们曾经生育一个女儿，但不到三岁就夭折了，之后就没再生育了。令我印象最深刻的，是小时候逢年过节或家里有了好吃的新鲜东西，娘就会用一个大花碗满满实实地装上一碗，然后趁着夜里或晌午村中人少时，打发我给那对夫妻送去。

男的先过世，据说离世那天还在集体地里做活。女的没日没夜地为生产队做草鞋，七十五岁离世时，还余下二百多块钱，没给生产队添加丁点负担。

那时，几乎每一个生产队都有特困户。

我知道有这样一个家庭，夫妻俩生下四个孩子之后，男人突然瘫痪在床，久治不愈。家里为治病债台高筑。全家只有女主人一个劳力，四个未成年的孩子，最大的十四岁，是个女孩。为照顾他们家，生产队就安排这个女孩放牛，谁料不到一个月这个女孩又被毒蛇咬成重伤，花去几千元钱锯断了腿，才救得一命。女主人终日以泪洗面，其困难程度是可想而知的。像这样的特困户生产队也无能为力，只能靠上面下拨一些救济款、救济粮重点救助。

但在当时那种"人人要吃饭，个个要过日子"的困难条件下，不管是四属户、五保户还是特困户，生产队一律给定人均最低口粮，这种最低口粮也是人人有的基本口粮。有时分食物也宽松到一半按人口、一半按工分分配，这样就解决了四属户、五保户和特困户的基本生存问题。

年终分配的前期准备除了落实好上述几类特殊人群的分配，还有评定社员的工分级别（也叫底分，我们那里习惯评定工分级别，简称"评级"，也就是社员劳动一天应得工分的标准）的问题。这是一项涉及人数最多，与社员个人利益最直接、工作量最大的工作。

农民的收入主要来自参加集体劳动所获得的工分。每个人的工分标准按照年龄、体能、人品和掌握的劳动技能程度评定。我们生产队的甲等男劳力最高级别是十分，甲等女劳力最高级别为七分，除甲等以外的男女劳力标准不等。原则上最高封顶，最低不限。这是每个家庭参与分配的主要收入，也就是生产队所有男女劳动力参与集体劳动后，每天应得的标准工分。一般每年评定一次，评定时间是每年年终分配之前，评定方式是召开全体社员大会公开评定，评定标准依各生产队具体情况而定。总之，由主持社员大会的队长按照名单一个一个地念出,由全体社员一个一个地议,一个一个地评。争执不下时,少数服从多数,最后由队长把关定夺。那时候,社员们个个紧张得寝食不安,生产队连夜开会(有时天气不好白天开),做到认认真真一个不漏地公正评级。

每到隆冬,年关将至,大伙知道,该评级了。接到通知后,就热情高涨地集聚老厅屋,生了大柴火,开会了!人人在思谋,个个在等待,人人胸有成竹,个个激情澎湃,直言不讳,真诚相待,如同现今的民主生活会。直到评出优劣,直到评得大家口服心服。

"你出工拖拖拉拉,经常迟到。而收工时,你转身回屋比谁都快。但干活有经验有方法。我的意见该评九点七分。"

"他蛮有特长,做事有条有理,又快又好,重活脏活争着干,我同意给他十分。"

"大叔呀!我可以当着你的面说,你有特长,按理是好劳力。只要你肯做,你什么事都会做,也能做好!但就是有点那个,也就是有点怕苦怕累,舍不得下力气,没把该使的力气使出来,也就是说没尽你最大的能力。我同意大伙的意见,今年评九点六分,希望大叔明年得十分。"

"刘伯伯虽然腿残,但总是提前半个小时到工地干活,而收工时他是最后一个走。他从来不怕苦怕累怕脏,从不无故旷工,全年基本是满勤。他服从安排,今年还当过几个月的妇女领工队长，妇女们个个喜欢他！（会场哄笑）依我看，大伙给他评的九点二分还亏了刘伯伯。"

　　……

　　现在想来，我觉得当初的评级，是一堂生动的教育课，是一次深刻的思想洗礼。此外，还有评级之外的定额工分。

　　定额工分也可说是针对某段时期的某项农活为赶时间尽快完成，或由单个劳力或一个家庭小单位能做好的农活而设定的，比如积肥，送公粮，背杉木、松木、楠竹等，这些多数是用定额工分来完成的。比如送公粮，我们生产队离公社粮点约两公里，挑一担一百斤的谷子送到粮点就记四点五分，按一天送五趟算，力气大的一天可挣二十二点五分。相当于一个甲等男劳力两天多的工分。同理，其他定额项目在同一时间内，也远超了评级所得的工分。为此，不少社员热衷于定额，不喜欢评级。因为定额工分体现了多劳多得，也逐步打破了平均分配的不合理。

　　定额工分也有专人登记，生产队决算时与评级工分一并统计，参与年终分配。

　　一般的家庭除了评级和定额工分外，还有其他工分。如家肥（人粪、猪粪、鸡鸭粪等）、割青肥、拾野粪等，都有专人收集登记，都有分门别类统一制定的等级和工分标准，然后按质按量按标准折算成工分参与分配。另一部分是自家猪圈沤的粪（粪的质量好坏看其中的含土量和沤粪的腐烂程度打分，或三担折合一个工或四担折合一个工，由生产队长定）上缴给生产队以后折合的工分。

以上三项合计的工分,为每个家庭参与集体分配的唯一依据。特殊工种工分,如赤脚医生、民办教师由大队评出工分级别,开出出勤证明,经生产队核实后,参照相当的劳力计入参与分配的工分。又如长期外调和长期搞副业,这部分人员很难具体管理,唯有年初与生产队签订合同,年终则按合同计入工分参加分配。一句话,所有劳力,必须以工分的形式参与分配。

分配的前期准备差不多了,马上开始试算到户。试算到户的意思是,计算出一年来每个家庭和每个劳力应得的钱和粮(一般以家庭为户头)。这项工作一般由生产队会计(记工员和相关财务人员配合)独立完成。

首先是粮食分配。生产队粮食分配的方式有两种。一种是以人头为单位的平均分配,如粮食分配,上级批复全队全年每人只能按六百斤(稻谷)口粮标准分配,就要拿出其中的一半作为基本口粮。也就是说按全队总人口每人全年都有三百斤,另外三百斤才按第二种以工分为单位进行按劳分配。总体上是以平均分配为基础的按劳分配制度,这既保证了人人有饭吃,又体现了多劳多得。

那时各生产队年终分配应先向大队报方案,但也不能各行其是随意申报。正确的方案包括:全队稻田总面积,本年度获得粮食总产和平均亩产;全年应上缴国家征、购粮任务和完成情况;三超粮、战备储备粮任务完成情况;全队总人口;全队除完成上缴、留足储备、种子等用粮外，当年可分配的粮食。申请全队人均分配标准五百斤或六百斤。大队接到申报方案后，召开大队干部会议讨论研究，逐一确定各队的口粮标准，并造册报公社党委备案，如无变化，大队下通知给各生产队，就可以按方案进行分配了。

再谈谈当初的工分、实物、现金等的核算分配。

首先是把全队社员全年的总出勤、总工分，以人和户为单位出明细榜予以公布，包括外调劳力、民办教师、赤脚医生等相关人员的工分参照落实情况。按人头所分得的基本口粮和工分粮，以户为单位出榜公布，比如我们队基本口粮三百斤每人，工分粮每十分两斤。社员现金往来，以户为单位出榜公布，包括收入、支出两部分。生产队全年收支情况汇总表，会计、出纳、保管员年终记账得出此表。

其次是求出一个核算分值。也就是通常所说的每个劳动日即每十分工值多少钱。简单地说就是将全队全年所有收入（主要是把粮食、林业、副业和其他收入汇总，除去全年生产资料费用以及留足来年必要的生产、办公费用等）除以全队总工分得出每十分的分值，然后以此分值核算到人到户。如一九七六年我们队每十分工值是五角八分，现按此标准以王三崽家为例试算到户：

基本情况：全家五口人，男、女劳力各一人，全年全家累计总工分为九千分（其中劳动工分七千八百分，上交生猪款折分一千二百分）。

应分粮食：基本口粮五人，每人三百斤，合计一千五百斤。工分粮九千分，每十分工两斤，合计一千八百斤。生猪款奖励指标粮八十斤。合计全年全家粮食三千三百八十斤，每月平均二百八十二（四舍五入）斤，月人均约五十六斤。

现金收入：总工分九千分，每十分五角八分，合计五百二十二元（收入）。粮食款每一百斤九元五角，三千三百八十斤，合计三百二十一元（当时国家粮食定价是一百斤稻谷九元五角），平时向队里支取现金及小项农产品折价五十七元，合计支出三百七十八元，两抵（五百二十二元减去三百七十八元）余一百四十四元。

由于生产队的经济增长（收入）每年不一样，所以每年的工分的分值也是不确定的，工分的分值由生产队收入决定，而生产队的收入主要由以下因素决定：一是分给社员的基本口粮折价；二是经济作物分到社员手里的折价，如红薯、花生、棉花、小米、玉米、豆类等；三是集体办的养猪场、林场，出售竹木、手扶拖拉机运输等经营中产生的利润。

那些年我们生产队的工分值保持在五角以上，最好的年份工分值九角八分，在全公社处于中上水平。好年成高工分值大大提高了社员的劳动积极性。

那日子

穿　戴

"新三年，旧三年，缝缝补补又三年。"这是当时人们穿戴的真实写照。

那时候，工厂生产的布匹远远无法满足人们的日常生活需求，怎么办呢？国家就按人头发布票，凭票购买，计划供应。而有限的布票根本不能满足群众需要，大多数人靠自制土布衣裤来弥补。

土布制作过程不易，将棉花去籽—弹棉花—将弹松的棉花搓成捻—用棉捻纺线—用棉线织布—染布—用布缝制衣服，总共有七道工序，还不算种植棉花和制作纺线机与织布机等工作。织布的程序最复杂，先要将经线在织机上面从下到上一道一道地安好，然后坐在织机前，两手交替着将安有纬线的梭子在经线中来回穿梭。每穿一次要用织机上的压板使劲压一下，时而用左手，时而用右手，总之是要用那只不拿梭子的手——让交叉的经线与纬线以及上下相换的纬线都紧密结合，就织成了布。一天能织多少，视熟练程度而定，一般大约织得一两尺。但是手工将那样细的线一根根地织成布，的确不易。

还有极少数会织布的家庭，他们千方百计利用自己种植的苎麻，通过很多工艺，制作苎麻衣服。苎麻衣服去汗、耐穿，但是穿的时候蛮扎身的，不舒适。

说起穿戴，我就会不由自主地想起小时候奶奶给我讲的那个家庭传奇故事。

那时候，我奶奶家境不好，我爷爷是个盲人。为了节俭，全家吃的穿的住的用的，都得由奶奶预先精心盘算一番。特别在"穿"字上，奶奶安排得慎之又慎、细之又细。一年四季春夏秋冬来复去，我父亲和我的三个叔叔四兄弟总共才五条裤子，而且是清一色的布料，四兄弟每人一条，多的那条叫公用裤子。奶奶常叮咛：好崽哟！一年就这一条裤子要爱惜哩！四兄弟听了母亲的话，十分珍爱自己的裤子。但渐渐地各自便有了"私"心，自己的裤子舍不得穿却争着去霸占那条公用裤子，于是，在我们这个穷得响叮当的家庭里，常为争裤闹风波。

一次，父亲上山砍柴，偷穿了公用裤子被发现，惹得叔叔们闹了个天翻地覆，急得奶奶没办法，不得不为公用裤的管理和使用，定人定时排班轮号。比如：每月初一到初五大叔穿；十一到十五二叔穿；二十一到二十五三叔穿；其他时间我父亲穿，因为父亲年纪大，上山下地劳动多，衣裤磨损当然要大些。

几个月过去了，公用裤的屁股部位磨出了一个小洞，后来洞儿越来越大。再后来，父亲和叔叔们各自裤子的屁股部位也不同程度地磨出了小洞儿，奶奶见了心儿酸溜溜的，气得眼圈儿红红的。只好让孩儿们钻进被窝里，把一条条脏裤洗干净，小心翼翼搭在火笼上，烘烘烤烤熬至半夜，然后把屁股部位的洞蒙了一层又一层，补了一回又一回。

大伙在穿戴上不敢挑剔，少有花样，甚至男女老少千篇一律，除了补丁的大小和多少不一之外，色彩无几。妇女们只是衣服稍微多一点花纹，衣服样式也是千篇一律。青年妇女上身一般是中式对襟衣服，上了年纪的妇女一般穿大襟衣服，纽扣大都是利用废弃的碎布做成，衣服是传统古典的那种。那时衣服制作技术落后，没有专业服装剪裁的丰富式样。

孩儿们呢，几乎少有崭新的穿戴，只有过年，才有可能穿上新衣服。那时大人经常打趣小孩的一句话是：过年了，你爸爸妈妈给你做了新衣裤吗？而平常，几乎是大人穿过后孩子穿，老大穿过后老二穿，老二穿过后老三穿，没有男孩女孩之分，没谁敢嫌弃衣裤鞋袜的老旧，只要还能贴得上补丁，就得继续穿，谁也舍不得丢弃。

男人的衣服颜色多是黑白两种，有的是蓝色。一般冬天为深色，夏天为白色。每到夏天，男人大部分是光着上身、穿着短裤（无内裤）干活。而到了夜里睡觉时，连短裤都不穿。大伙常说："脱得光，睡得香。"这与今天说的"裸睡"意义是不同的。

那日子，真的清贫得不能再清贫了。有的人用生产队买来的尿素、钙镁磷等肥料的袋子做短衣短裤，因为那种袋子是纤维尼龙的，既轻柔又耐用。还有不少人干脆将这些化肥袋加工成外衣外裤穿。于是身上的外衣外裤就有了"尿素"等字样。

那年头，各家各户只能凭按人头供应的布票，去供销社"剪布"。按家庭人口，不论大人小孩，每人每年一丈四尺五寸布票，大人缝一套衣裤足够了，小孩呢，缝一套还有剩。可是啊，因为太穷，很多家庭有票无钱买布，不少人把几条几毛钱一条的澡巾拿到染布店染黑做裤子穿。为了省钱，还把最便宜的布料弄来，然后请裁缝量身定做。印象中，我们生产队才一个裁缝，是个上了年纪的女人，她身体不好，成天咳嗽。这个上了年纪又咳嗽的女人，观念守旧，手艺粗糙，活儿慢，磨磨蹭蹭从年头忙到年尾，家家户户都难轮到一回，而轮到的人家会高兴得不得了，杀鸡宰鸭把她奉为上宾。好在后来大队办起了缝衣点，有布料的可统一到缝衣点去定做，无须考虑招待用的酒饭，既省事又省神。

冬天绝大多数人没有毛衣和绒衣，当地妇女一般也不会织毛衣。一年间，人们脱下棉衣就换单衣，条件好些的在冬夏之间用夹衣过渡一下。有的困难户甚至将棉衣里的棉花掏空当夹衣。衣服上常常是补丁摞补丁。冬天就贴身穿棉衣、棉裤之类的御寒物品。实在太冷的时候，人们就尽量少出门，因为冬天没有大衣、手套、围巾和口罩。

冬天如果不得不出门的话，多是缩着脖子，将手揣在棉衣的袖子里。有人在腰间扎一根布绳或麻绳，以抵挡寒风的侵袭。看上去人人都穿上了厚厚的、用棉絮做成的棉袄，但是这种棉袄笨重不说，保温效果也不怎么好，远远赶不上现在的羽绒服轻、软、暖。

如果谁家有城里的亲戚，城里的亲戚不穿的衣服到了农村就成了宝贝。有的城里亲戚，衣服啊，鞋子啊，大包小包提来，让农村亲戚穿上，农村亲戚别提有多开心了。因为城里人穿的衣服比农村的要高上好几个档次，不但做工精细，而且款式新颖、漂亮、时髦。

鞋也是自制的。制作时先将一些破布头刷上熬制的稀面糊，一层一层（大约需要五六层）地粘在一块大木板上，形成较厚的布片，俗称"袼褙"。将其晾干后，揭下来，剪成鞋底和鞋帮的形状，鞋底需要的层次要多一些。然后是纳鞋底和鞋帮。鞋帮外面要加上一层新布，通常是黑色的。纳鞋底需要用锥子先扎一个个小洞眼，才能穿针引线。直接用针扎是扎不透的。鞋底和鞋帮都纳好后，将两者缝到一起（俗称"上鞋"），一双鞋就制作成了。农村人大多穿这种自制的布底鞋。如果大姑娘相中了对象，就给对方备制两双布底鞋，这是订婚时的必要礼物。由此看来，鞋就是破旧衣物的改造物，可以说废物利用在农村达到了极致。的确，费了那样大的劲织成的布，怎么能随便丢弃呢？

农民穿的袜子也是用土布缝制的。土布袜子厚厚、大大的，有的还纳袜底呢，活像一双靴子。因为袜子大，不贴脚，鞋子相应地也得做大些，否则就会穿不进去。土布不仅用来制作衣服、鞋袜，还用来自制脸巾、汗巾等用品。农民们不戴商店里卖的帽子，大多在头上系一块白毛巾，称为"白羊肚手巾"，既可当帽子，又可当汗巾，一物多用。

最常用的遮阳工具是草帽。草帽是用麦秸秆手工编制的。而雨具通常是竹叶和篾丝做成的斗笠，以及棕片叠成的蓑衣，因为雨大时草帽根本不管用。而雨衣、雨伞成了当时的奢侈品，很少有家庭有。有的农民将废弃的化肥袋或旧薄膜纸披在身上当雨衣。没有雨鞋，人们赤脚蹚水。

现在，农村穿戴破烂的清苦日子早已远去，单从穿着上已经区分不出谁是城里人、谁是农村人了。农村穿几百上千块衣服的人有的是。现在的农村啊，随处可见打扮得漂漂亮亮的大姑娘和穿戴时髦的小伙子。

饮 食

民以食为天，社员们盼望丰收年。在那个年代，社员们仍然温饱难保，食不果腹。特别在每年农历三四月青黄不接、闹饥荒的日子里，大多数社员家每天只能吃上一餐掺了白皮薯干的糙米饭，剩下的两餐不是菜叶煮粥，就是薯渣当饭。饿极了的社员们，面对一大海碗热气腾腾、能照得出人影子的稀粥，用嘴紧贴在碗边转上一圈，就能一口气把整碗粥全部吞下肚。

社员们真正享受丰收，开始于二十世纪七十年代中期。那时刚刚提倡种三系杂交稻。开始，社员们心里有些放心不下，大家议论纷纷，"打倒高秆种矮秆，粮食收成翻了番""能吃上白米饭已是不错了，还种什么杂交稻"……但说归说，做归做，杂交稻到底还是种上了。事实上种起来并不怎么费事，让人想不到的是，当年许多杂交稻田就实现了晚稻超早稻，全年两季超"纲要"。多么艰难的一步，就这么轻而易举地跨过来了。初次尝到丰收的喜悦，社员们心里乐得没法说，只要提到杂交稻，就会笑得把嘴巴挂到耳朵上。

真的,那年头饿怕了的人们最强烈的感觉,是饥饿。没有哪一天不为肚子而犯愁。因为生产队的粮食,只能维持在半饥半饱的状态。无论你怎样精打细算,用红薯、瓜菜和稀饭来弥补大米的不足,依然有缺粮断炊的日子。至于那些不会操持家庭的人家,就更不用说了,遇到"粮尾"时,常常不得不向别人借米度日。

那时很少能每日三餐吃白米饭,一般家庭是早晚餐吃饭,中午一定是吃杂粮(红薯、玉米之类),甚至早晚餐的白米饭中也常掺些红薯丝、玉米粒什么的。记得我家每月分得的口粮,无论母亲如何精打细算也难以维持全家人的基本生活,准确地说就按每天"两饭一杂"计划用粮,也只够吃二十五天。还有五天呢?母亲实在没法子,就安排每天晚上除做重活的主劳力吃点干饭外,其他人就稀饭填肚子。特别是每年四五月间,我家经常是一餐饱饭两餐杂粮饭或吃擂茶饼(在米浆中掺一些蔬菜或野菜等制成的饼)。至于鱼肉之类的荤菜除过年过节外,平常很少能吃到。有时馋得发慌了,我二哥就会到江边田里去捉鱼虾来改善生活,如果有时捉来的鱼虾稍多点,母亲也不会给我们一餐吃掉,要留出部分把它焙干待客人来了再吃。家里养的鸡生了蛋也不能随便吃,除了自家谁过生日吃两个蛋外,其余要留作他用:一是要招待客人,客人来了有时没有其他荤菜就炒几个蛋也算是荤菜了。有时来客不吃饭就煮碗面放两个蛋招待。二是搭情送礼,亲戚朋友家有人生了小孩要送几个蛋去看望一下坐月子的产妇。如果有亲朋好友生病住院也要拿几个蛋去看望一下,还有祝寿、小孩满月等,有时还将蛋弄成红色或贴上红纸花等。总之,鸡蛋、鸭蛋是被看得很贵重的。若要吃只鸡、鸭就更难了,那得真正来了贵客或是过年过节了才行。我在学校读书时,每个星期回家一次,带点米和一大碗咸菜或一点荤腥之类的东西(如干鱼、干鸭肉、干豆腐等)吃一个星期。到五六月,高温季节带去的菜有点馊味了也会吃掉,不然就没有菜吃,有时一个咸蛋要吃一餐饭。

生产队一般不种蔬菜,社员们吃的蔬菜是各家各户的自留地和边角地种的,也没有油炒菜。因此,平时的菜主要是腌菜。实在吃腻了,非常难得地去买几毛钱的肥肉熬油,只能滴几滴炒青菜和腌菜。油渣加点食盐炒一下,弄一点点搅拌稀饭当咸饭吃,就是美食了。

说到吃油,特别是茶油,我们平常很少吃到。因为从生产队分得的茶油人均不到两斤。我家六口人只有十来斤茶油,要吃上一年。而单过年煎油豆腐、兰花根和炒菜待客就需要三四斤,平常除了炒腥气蛮重的鱼类用点茶油外,一般不敢动用茶油。就因这样珍贵的茶油,害我父母亲差点离婚了。

父亲是个老实巴交的农民,长年累月除了种田就是种田。母亲不识字,九岁嫁到奶奶家当童养媳,日出日落,就知道重重复复地围着灶儿团团转。后来,父母亲生儿育女了,奶奶说树大要开杈,人大要分家,就向邻居家借了一间破旧房子,挨着漆黑漆黑的墙壁脚下筑起了土灶。从此,父亲和母亲有了独立的家,也

那日子

有了作为家庭最基本标志的土灶。

旧房子很窄很潮湿,除了土灶就只能容下一张四方桌了,好在四方桌是活动的,吃罢饭了就马上折叠靠墙边,挤出一小块地方来临时方便。我们兄弟就睡在灶屋楼上,冬天里,父亲母亲起床早,土灶里茅柴烧得浓烟滚滚,常呛得我们连连咳嗽,不一会我和弟弟便会各自抱着自己穿的没头没脑的一大捆衣裤,光着脚板下楼了,来到灶门边。此刻,母亲生怕我们冻坏了,便添几把大茅柴,土灶里顿时噼里啪啦火苗儿旺旺的,映得母亲的脸蛋儿红红的。等我们全副武装之后,稀饭煮好了。洗罢脸,每人一碗吃得全身暖洋洋的,唯有父亲那碗特殊化,拌着红薯糟酒,父亲说,吃了又饱又醉又暖身,下地干活不觉冷。

母亲在土灶上炒菜时,我常爱站在灶角边,挨着母亲的身子扯着母亲的衣角,指手画脚当起师傅来,时而叫着放盐,时而催着快加水,时而逼着母亲炒鱼炒蛋……菜炒多久喊多久,弄得母亲晕头转向。一次,在我的叫喊声中,母亲忙乱了手脚,在炒泥鳅时袖子不慎碰倒了花瓷油罐,叮当一声落地。啊!油倒了,罐破了!心爱的花瓷油罐哟,是母亲从外婆家带来的是母亲的陪嫁。茶油呢,那时集体分得这点茶油比眼泪还贵。母亲急得用衣角擦眼圈,心痛地哭了。

父亲下工回家,见满地茶油瓦片,就一切明白了,便火冒三丈,一巴掌打得母亲喊叫不止。母亲嚷着要离婚,一气之下回外婆家了。土灶被砸掉两块砖,家中杯盘狼藉。我深知,这一切都是父亲所为。可见,那时柴米油盐对家庭意味着什么。

几天以后,我见父亲在仔仔细细地修整土灶,母亲也回来了,土灶恢复了平静。我才拉着弟弟高高兴兴地上学去了。

那时有"青菜当半粮"的说法。小时候我最喜欢吃母亲煮的菜饭,是由很多菜组成的咸稀饭,多滴几滴油,偶尔会有一丁点父亲从江边弄来的小虾米,我常吃得肚子滚圆滚圆的。

我如今还记得小时候房前屋后枝繁叶茂的瓜棚。我父亲是山里有点名气的农夫,春夏秋冬,稻粮五谷,收收种种、种种收收,年复一年艰辛劳累。父亲爱种菜,更爱种菜瓜。冬瓜、南瓜、黄瓜、水瓜、苦瓜……瓜瓜皆种,门类繁多。他常说:"屋前屋后,种瓜种豆,水肥轻便,旱涝保收。"

泥鳅可算我们家乡一道正宗的荤菜。泥鳅可以鲜吃,也可焙干备用,还可开汤,加上香葱和生姜,格外美味可口。泥鳅拌鲜辣椒用茶油干炒,那鲜嫩口感,就甭提了。我喜欢泥鳅,可母亲不会随便让吃,唯有客到了,才可以打打牙祭。

那是山沟里初夏的夜晚,萤火虫闪着屁股上的"小灯笼",成群结队集会游行;青蛙们鼓着大肚皮,无忧无虑地抬起头来呱呱呱呱地嬉闹,像是一场卡拉OK;静养了一个冬天的泥鳅、黄鳝,趁渐渐天暖宜人撒着欢出泥乘凉了。乡亲们急忙吃过夜饭,丢下碗筷,用背篓装满白日里准备好的照明松枝,手擎一个铁制的长柄小灯笼,握一把鱼叉或长剪刀式带锯齿的鳅钳,光着脚板三五成群,打游击般翻了这坡又往那坡,进了这个冲又走那个垅,

那日子 139

梯田如浪，无处不光顾。干过二三小时转回家来，收获真不小，至少也有三四斤泥鳅，收拾好，洗罢澡，甜甜入睡了。

我觉得照鳅虽很辛苦，但也悠闲洒脱。累了，将松明火把插在田埂上，点上一支烟，观赏山乡夜景，听青蛙唱歌，任夜风微拂。但我从不敢独自出门照鳅，因为夜幕茫茫一片漆黑，怕迷了路。又听村里老人说夜晚是鬼的世界，有鬼在山上田头唱戏、嚎哭，特别是有坟墓的地方。因此每次出门照鳅时，我都紧跟在父亲身后，配合着父亲提提鳅篓、添添松明火把。但也有个好处，父亲眼睛没有我厉害，他漏过的泥鳅往往被我在后头发现。我轻轻从父亲手中拿过武器，准确无误，泥鳅就上钳了。特别是黄鳝，没泥鳅反应快，见人来了还悠然自得懒洋洋的。父亲毫不费力将其拽出水面，它才如梦初醒卷起身子挣扎。有经验的父亲说，夏天泥鳅大都爱游到田埂旁的深水区纳凉，像这样小丘梯田我们不必下田。有天晚上天很热，鱼特别多，几乎每移动两步就会俘虏一条泥鳅或黄鳝。我激动得喊叫起来：这边一条快动手，那边还有两条。不知不觉我们父子俩照到梯田顶层了，夜深了，松枝也烧完了，看看鳅篓，至少也有四五斤了。这时，突听山上有怪物在叫，我心中一惊，想起村里老人讲的夜间有鬼，心里好害怕。我叫父亲快往回走，没走几步猛然发现两座高大的坟墓——是鬼唱戏了！我心跳加快急忙走在父亲前面，挤挨着父亲的身子。可父亲显得心静无事，说世上没有鬼，叫我不要怕……

现在想起那照鳅的情景，还真是别有一番滋味。

总体说，那个年代，一日三餐吃什么，要看各地生产粮食的种类，像我们湘南，生产队主产水稻，还有在当地称为杂粮的红薯、玉米、豆类等，此外就是社员自留地里种的各类蔬菜。除了每月按固定的日子在生产队仓库门前排队领一次主粮外，就是季节性的杂粮了。菜呢，多半是些花样繁多的农家自产自制菜，顶多在菜里放些肉丝。如果想要大块吃鱼吃肉，只有等到过年。后来日子越变越好，直到今天，日子是美好而又踏实的。

住 舍

在我的记忆中，我们生产队社员住的房子，大部分是用土砖砌的那种。何为土砖？就是用稻田里那种原始的泥巴，和成稀泥，再自制一个长方形木框架，用木框制成土砖。将其原地晒干，稍作修整，就可以上墙起屋了。因为没钱买水泥，起屋时那种砖与砖之间的黏合物，也是用田里的稀泥巴。为了墙面好看，有点讲究的人，就从旱土里选取些无石沙杂物的纯黄泥巴，作为砖与砖之间的黏合物。方言称这些黏合物为"子泥"。

土砖屋经不起风霜雨雪。比如，下雨时，屋里经常要用脸盆接漏下来的雨水。当地有一句顺口溜这么形容漏雨的情景："外面大下，屋里小下；外面不下，屋里滴答。"雨再大些，墙壁上的泥就会顺着雨水落下来，墙体就会发软，很是吓人。

好在土砖屋建造低矮，一般一至两层。农人勤快，遮盖也严实，屋四周水沟也通透。而且，土房常年熏着农家的烟火，土墙就越熏越坚硬，也能住个几十年。

我家在永乐江岸。家中院落小，它原先是家中唯一面积集中的菜园，大约一亩。北面住着爷爷和我们这个大家庭，南面是茅厕、猪栏和杂屋，东面是三株相距两三米的枣树和一株两人才能合抱的古银杏树。银杏树下还有一块一尺多高、宽度不太规则的长方体大白石。

那时，老一辈们实在太清苦，我爸共有六兄妹，我爸和二叔都先后娶亲生儿育女。四间土墙破屋，挤了十多口人的大家庭。煮饭的铁锅换了又换，越换越大，仍旧嫌小。床铺紧挨床铺，仍嫌地窄。每到深夜，鼾声一片，就像蜜蜂嗡嗡闹宅，闹到天光。爷爷奶奶就铁了心，盘算着弄几间土屋，让崽儿们分锅煮饭，分窝睡觉。

那时乡下起屋，说易也易。开门见山，山上有建房良木，随取随用，砌墙的土砖蓝瓦，可自己备做，苦点累点罢了。然而，说难也难。材料自备，工匠难请。奶奶愁眉苦脸，东借西凑，砖、木二匠才肯开工。之后，奶奶今天一把米，明天一寸布，节俭了十年八载，才还清起屋的钱。

就这样，拆下南面的猪栏、杂屋，建起了四间新屋和一间公屋。公屋是用来砻（去掉稻壳的工具，形状似石磨，用竹木制成）谷舂米、放置大型农具的公用杂屋。当初，新屋泥水未干，我家和二叔家就同时进火，爷爷说新屋用烟火熏一熏，水分就跑了。新屋和老屋相距不到十米，菜园就变成了小院，唯有那银杏树下的长条石头至今还在。

那时的农家屋，是清一色的土木结构。屋顶遮盖的材料，极少条件好的用青瓦，一般只能盖上厚厚的冬茅或稻草，这种材料极易腐烂，每两三年得换一次。因此，大部分人会设法盖上杉树皮。杉树皮盖实后，至少十年不漏雨不腐烂。有条件的还能在屋内四墙抹石灰，地面铺上三合土或水泥，但这样的人家极少极少。一般的家庭唯有等到儿子结婚时，才设法装修一间这么像样的情侣房，当地称之为"洞房"。绝大部分农家屋是原色的土墙、土地面，有的甚至墙搭墙、屋挤屋，不要说通风透气，连水沟都无法疏通。有很长一段时间我家居住在一个三面都是别人家的房屋中间，没有房前没有屋后，没有露天的地方晒衣服被子。偶尔有一丝风，也不知道是南风还是北风。

夏天的傍晚，蚊子成群结队嗡嗡作响，像是在唱歌。睡觉时挂蚊帐蚊子也会偷跑进来，昏睡中哪儿被咬痛了，就用巴掌猛地拍打哪儿，早晨醒来洗脸时，才发现满巴掌都是血。

那时，农家洗澡没有专用的澡堂。一般是在屋后略偏处，靠墙搭建一个简棚，用破席子、化肥袋什么的遮遮掩掩。而洗澡用的一般是木制澡盆，杉木制成，和现在商店的铁铝澡盆同大，我们那儿习惯将澡盆叫成脚盆。一大桶热水倒进脚盆里，就可以哗啦哗啦、痛痛快快地洗澡了。但每到夏天，这种简易澡堂就有嗡嗡嗡的蚊虫在打架，有时还有毒蛇藏匿其中。男人干脆提个大木桶，装满一桶不冷不热的水，趁着夜色在自己屋檐下洗淋水澡。女人呢，就用个脚盆装了水在屋里擦洗擦洗。

那时农家洗衣没有洗衣机,也没有任何洗衣粉洗衣液,大都用的是茶枯(农村茶籽榨出茶油后的渣子),有的连茶枯都用不上。富裕点的家庭能用上洋膏,不久改成了"肥皂"。开始我不明白,为什么叫顺口了的东西突然又改。因为在我幼小的心灵里只有洋膏洋火洋油洋钉洋布……后来才明白,凡进口,也就是我们国家当初还制造不出来或不能满足人们需要的东西,都带有一个"洋"字。而当时有钱都买不到肥皂,因为要凭肥皂票。这也是很多家庭用不起肥皂的原因。

我们生产队社员洗衣用不上干净的水,因为几百口人只有一口饮用水井,平常饮用都供不应求。因此洗衣洗被就只能到鱼塘边,或到离村子几百米的江边。那时候江里的水,十分清澈,没有污染。遇上干旱饮用水供不上,村里人就一大早起床去取江水替代井水。

记得我家六口人洗脸一直是共用一块毛巾,那块毛巾也一直没清亮过,黑麻麻的如同擦桌椅的抹布。我母亲有眼病,两只小眼常红得流泪,像两颗烂桃。我的双眼也常痒痒,常流泪,恐怕就是那时染上了吧。我家澡巾也只有两条,男一条,女一条。男人多,巾易烂,澡巾上还贴着两块大补丁呢。

夏天一日三餐,农家人吃饭的时间差不多,每到吃饭时,没有专门的饭厅、饭桌,都是各自端一个大粗碗,盛上一碗饭,饭上盖着菜,来到村头通风的古樟树下,边吃饭边乘凉边聊天。聊着聊着,吃着吃着,就大汗淋漓了。因为此刻饭菜是热的,天也是热的，没空调，又缺电风扇。如今我还记得，我们村口的古樟树下有两块较平坦的长形青石，还有伸长而外露的大树根。日久天长，那长形青石，那大树根，被吃饭或乘凉的屁股，磨得溜光。村里人习惯把这地方叫"饭坪"。

那日子没听说过什么餐巾纸、卫生纸。擦鼻涕一律用手抹，抹后随便往门框上树杈上或鞋底上再一擦，算是完事了。比较讲究点的工作人员或有钱人家才有手绢，擦好鼻涕之后叠放在口袋里，回家再洗。

那时农家没有卫生间。深更半夜，哪怕是严寒的冬夜，胆大的男人会出门到附近的露天茅坑大小便，一般在屋里便桶里小便；女人夜里不敢外出，就在屋里的便桶拉屎拉尿，早晨提出去倒进茅坑或茅缸里。人粪尿，是当时重要的农家肥呢。

在我的记忆中，我们那儿家家墙角暗处，都有一个木制的大尿桶，夜里起来撒尿，咚咚咚咚地响。而村人的厕所呢，是在村头村尾选个较偏僻的地方，挖个长形坑，用柴枝或竹片围成茅屋，屋顶盖些杉树皮或冬茅，即可正式使用。农人屙了屎，舍不得用纸擦屁股，而是用竹片片、小木条，或稻草擦。这还不算，最尴尬最难堪的事儿是，围着茅厕那些柴枝或竹片极易老化，易脱落。脱落之处有个洞眼，脱落越多洞眼越大。有的人就用废旧的席子或化肥袋，挂在洞眼处遮个羞，而废旧席子或化肥袋常被风吹雨打，飘摇不定，根本无法堵实洞口。有的则干脆对洞洞眼眼放任不管。当去有洞眼的茅厕屙屎时，男人不在乎，边屙屎边抽他的烟。而女人呢，就犯难了，她们红着脸褪了裤，羞答答地蹲下来，唯恐有人路过，只要听见脚步声，赶紧把头埋在胸前，惊恐得心怦怦跳，好像在从事一项随时有生命危险的事业。有的女人则被迫将上茅厕时间改在夜里，让丈夫随同"站岗放哨"。

更令人作呕的是，那些坐落无序的简易茅厕，四周无水沟，厕顶漏雨，地面潮湿，人一入厕，全身就落满了蚊子。如遇雨天，水注坑满，屎尿横流。雨后天晴，臭味特别难闻，柴枝和竹片上，落满了苍蝇，还有毛毛虫呢！

好一个起居环境脏乱差的时代远去了。如今的农村，家家都是青砖院墙，不少人像城里一样建起了美观坚固的楼房，雨打不漏水，风吹不动摇。水电卫生间一应俱全，上井里江边取饮用水和上简易茅厕的日子一去不复返了。村子里花个一二十万盖座新房子已司空见惯，有的干脆盖个小别墅，再买些时髦得不能再时髦的家具家电，让城里人见了都羡慕不已。

出 行

我们雷公仙生产队所在的大布江公社，位于县的东南部，永乐江上游，境内群山起伏林涛万顷。雷公仙就在这万顷林涛的边缘之地。奇怪的是"雷公仙"不像神话中"雷公"的样子，也没什么"仙"。有人说雷公仙地貌像一条小船，依我看更像一只牛角呢！

永乐江就从我们生产队前面流过，江面有二三十米宽。耕地主要分布在沿江两岸。而到江那边去耕作，没有坚实稳固的桥。江上虽有社员们自架的简易木桥，但每逢春夏暴雨成灾，木桥常会被凶猛的洪水冲垮。而冬修春种夏打秋收，社员们就必须蹚水过江从事生产。好在门前那段江，水浅滩多。人人脱下老解放鞋，裤子挽到大腿上，踩着江底的沙石噼里啪啦蹚过去。

任何事物都是两面性的。就说这条江吧，她可以给人在繁重的体力劳动中带来乐趣，还可以给日子清贫的社员们弄点荤腥（鲜鱼），改善生活。更重要的是，每逢干旱可从江的上游引水抗旱。而不利之处是，常有或重或轻的洪灾，导致桥被冲垮，过江不方便。更重要的是存在安全隐患，特别是孩子们，学校放暑假了，大人们在田里忙碌顾不上，他们三五成群在江边的柳树林里打麻雀、掏鸟窝、捉迷藏，热得出汗了，就无拘无束地下江洗澡。

村里有一条从村头通到村尾、人人必行的主街。开头是一段青石板，接着是一段麻石沙，一段废弃的石灰渣或一段青火砖头和碎瓦片。还有几小段什么也没有，只有水坑或烂泥搭上两块旧松木板或几块踏脚的青砖麻石块。虽这样的烂路只有几小段，每段也只几步路，但走起来趔趔趄趄的，令人十分厌烦。如此一段一段的零乱花样，也是主家"各人自扫门前雪"自发搞的。后来，经慢慢修整，村内的主街主路，最窄的地方也有3米，且统一改用青麻石、乳白石铺就，路面整体形象好多了。

村里人为节省时间，爱抄近道去镇上赶圩或办事，而抄近道必先横渡门前那条江，所以必须坐在古樟树下等对面的渡船。家住对面的七生老倌就在这儿摆了大半辈子渡船，年岁高了耳朵聋，他总习惯地望着树下，有人招手就会利索地把船开过来。而除了雷公仙还有周边的村民就近到乱石镇做生意，这样一来七生老倌就更忙了。为发展经济，方便百姓生活，公社作出决定，免费提供渡江服务，七生老倌就成了拿公社固定工资的企业人员。

那时候，我们生产队只通水路不通旱路，如遇枯水期连水路也难通。公社干部来雷公仙一般依旱路，需步行三十余里地。机遇好时可乘船逆流而上，也需两个多小时。因此，在雷公仙也就少见了干部的身影，这当年是有客观原因的。特别到了大热天，毒辣的鬼日头久久不肯退去。下乡干部们的背上肩上胸脯上，不见半根干衣纱。也正因为这样，问题也就多了起来。雷公仙比起那些条件好的生产队，至少落后几十年。一不通水二不通路三不通电，村里人长年过着日出而作日落而息、肩挑背驮刀耕火种的农耕生活。村子周围环绕的全是一层叠一层高高的青山，山地肥沃得插根木棍也能发出新芽长成树。如能把山脚的树和茅草砍掉，放把火烧了，星星点点撒下苞谷芝麻什么的，不要人管理，秋后就有收获。山里，有竹，有杂树，但多为杉树和松树。竹，劈成细篾条，可编筐制篓，建棚搭瓜。树，可做门窗和屋栋梁，可打桶制柜雕刻牙花床。

我是一九五八年出生的，如果依我的年龄来看家乡的出行变迁，记忆中大致是这样的。七岁上小学时没见过大队和生产队的任何车辆，只见过一辆绿色的自行车（当地叫线车），隔三岔五往学校跑。听老师说是来送报纸的邮递员。十四岁上初中时路上爬过公社的拖拉机。那是一台刚买的"东方红"牌大型拖拉机，也是全社唯一的机动车，既可耕田也可搞运输。十六岁上高中那一年公社通了客车，记得开始是每周一趟，后来每隔一天一趟，我头一回坐客车直达县城（约五十公里）票价是一块四角。这时大队有了一台手扶拖拉机，好像有人买了自行车。因为自行车也是凭票供应，一般人根本买不到。

那时生产队的人很少外出，更少出远门，因为没有钱也没有必要与外界交流，多数人去的最远的地方是当地集市。碰上赶集天，一般人都是肩挑背驮，徒步早出晚归。远路人有钱坐车也只能够坐拖拉机，并且是小型的拖拉机，那不是坐，而是双手扶着篷杆站着。车一启动，车上的人就晃来晃去，手如果扶不稳，就会摔倒。

如今，摩托车、电动车、面包车、小轿车逐渐进入家家户户。现在的农村，购买小车的家庭很多，走亲访友几乎都是车来车往。而路呢，宽敞平坦的水泥公路贯通了村村组组、家家户户。

杀年猪

每每回老家看望年迈的父母，我都会在院中那块麻石板上坐上一会儿，总觉得麻石板上还残留着猪血，能闻到杀猪的血腥味儿。老家院子不大，住着东南西北七户人家，院中那块石板有大人肚脐高，成平面长方形。我的老父老母住在南面。七户人家要杀猪了，都会用上这块石头，好像这块石头是天生用来杀猪的公用案板（如果没有这块石头，就得用两条高凳架块厚木板）。

记忆中生产队每年杀年猪时，先由队委会确定杀多少头（我们生产队每年杀八九头），再打报告向大队报批，大队会根据队里人数多少和完成上交任务情况审批，然后才落实到杀猪户。而被生产队指定的杀猪户，会备一大锅热气腾腾的开水，等待杀猪师傅的到来。被绑起来的肥猪绝望地嚎叫时，主家会急忙点上三根香，放一小挂鞭炮，意在召已逝先辈来尝尝过年肉，保佑晚辈，消除杀生罪孽。而猪一叫，鞭炮一响，孩儿们就像听到学校的钟声似的，从四处奔跑着过来，一会儿，小脑袋挨挨挤挤，把现场围成了圈，挤得杀猪师傅放不开手脚。杀猪的师傅就是本队的老单身汉，从来没摸过孩子的小脑袋，而此刻这么多小脑袋朝他伸过来，他就乐颠颠地给孩子们耍名堂了。好屠夫一刀毙命，直捅猪的心脏。接下来放血，不让猪痛苦、挣扎、哀鸣。待猪的生命体征完全消失之后，把死猪放在脚盆上，拿了大提壶，从锅里打来翻滚的开水，浇在死猪身上以便去毛。师傅的手也禁得烫，握起褪毛刀，嚓嚓地刮毛。

每每看着杀猪师傅把年猪刮得白生生、嫩嘟嘟的，一个个小脑袋就垂涎欲滴，忍不住直咽口水，甚至有的孩子还伸出舌头来舔嘴皮，或伸手摸一下冒着热气的猪身，仿佛那一块块的猪肉都已经吃进了自己的嘴里，每嚼一下都余味无穷，每一块都好像能嚼得出很多的油来，然后就进了自己的肚子里。那时候，普通农家一年也闻不到几次油腥味，生产队杀年猪成了大人小孩的期盼，这可算是生产队一件重大而稀奇的事了。

刮好毛，接着开膛扒肚，刚才还在哀嚎的肥猪很快被屠户劈成了两大边（我们那儿叫猪边子）。师傅掏出猪心，双手血淋淋的，速将猪心凑到孩子们鼻子底下说，小家伙来来来，吃肉吃肉！孩子们各自捂着鼻子哄笑着连退三步，围圈儿立刻扩大了，暂散了。顷刻间，师傅又忙碌，围圈又形成……

猪杀好了，队长会叫几个大力士把猪边子一块块背到仓库里，保管员就会拿杆秤，会计则拿起算盘和分肉的账单准备分肉了。生产队分食物给了我难忘的记忆，但印象较深的还是杀猪分肉。

因为杀猪分肉是关系到过年的大事，我至今还记得生产队里杀猪分肉的热闹场景。好像生产队不杀猪就不算过年似的。是啊，要想过好年，农村要杀猪，单位则凭肉票到所在的食品站买猪肉。

但我们生产队也有到公社食品站买过年肉的，那是四属户，由于人多劳少账上超支（欠队里的钱），不给分肉。因为平常不容易吃到肉，肉几乎可以归于奢侈品之列。因此，肉买得好不好，就是一个重要问题。当时食品站卖肉，是连皮带骨一起卖。时常会有人因为肉里骨头太多，而跟卖肉的人争吵，屠户眼一瞪，刀一甩，理直气壮地说，你能找到不长骨头的猪吗？

我有位亲戚是生产队里的四属户，因为在生产队账上超支，生产队就不给过年肉，他家就只能去当地食品站买过年肉。据他说，那时肉的质量控制在卖肉的人手中。明明看到的肉是一块好肉，骨头明明看起来很好，但卖肉的人就有这样的水平，刀正一点，或是斜一点，肉里面带的骨头多少就有差别了。当然，还有更出格的情况，就是卖肉的人会把一块好肉放到一边，而拖出另外一块不好的肉来，割一块给你。

杀好猪，就开始分肉了，人们拿了容器，有盆有锅，样式各异，大小不等，五花八门。每家派一名代表排起了长队，蔚为壮观。孩子们追逐打闹，大人们笑话连篇，一派欢乐祥和。

分肉了，会计扯起嗓子拖着长音喊叫队伍里的张三，张三就笑嘻嘻地瞧着屠户，屠户手持砍刀，两眼圆瞪，狠狠几刀下去，弄得张三红着脸十分紧张，生怕屠户不给面子，肉里骨头太多。

保管员摸着杆秤一瞧，说，还差两斤八两，屠户快速切割半个猪耳朵，外加一段还沾有猪粪的大肠，张三才松了口气——因为这不是骨头。

人们拿到自家分得的猪肉议论纷纷，品头论足，以确认自家的肉好不好。那年头吃肉的标准跟现在不同，如今买肉挑瘦的、鲜嫩带骨头的，甚至骨头比肉还贵。那时是猪肉越肥越好，骨头越少越好，巴不得猪身上只长肉不长骨头。

生产队分配是按两个标准的，一是按劳，一是按人。分粮按人六劳四，即人口占六成，劳动工分占四成。可分过年肉恰恰相反，即人四劳六，意在体现多劳多得，人性化，因为不具有劳动能力的老幼病残，肉不一定少吃；而劳动者也要体现应得的报酬，尤其是鼓励人们的劳动热情。过年了，少一点计较，图个大团圆，大家都高兴。

有的地方分肉为了体现公平，家家抓阄，以此为序，从前往后分割，赶上肥就拿肥，赶上瘦就拿瘦。虽然也有人有遗憾，但与拿到肉的高兴相比，就显得微不足道了。

还有，头蹄下水是打折计算的，一斤算半斤。人口多的家庭都会争着要，这样也抓阄。因为都是透明操作，队长、会计一起抓阄一同分肉，没有特殊，故深得人心。

分田到户后，吃肉的日子多了起来，农民可以自由养猪杀猪了，于是杀猪时再不见孩儿们围拢了。杀猪时，主家会叫上三五个壮实且有经验的本家男劳力帮忙，一刀下去，喷出来的猪血用盆子盛着，适当放盐搅拌，可不结冻。割了喉的猪被一个大铁钩钩住脖颈挂在架子上，再烧几大锅开水，用于褪毛剖膛宰切。然后将一大盆猪下水、一篮子猪头，以及带着温度的腿肉条肉和前蹄后爪，整齐地码好，以便分给亲戚睦邻。猪大肠和小肠清理干净用盐除味后，开始灌血肠和米肠，血肠就是往猪大肠里灌猪血，米肠是往小肠里灌掺有八角等的大米粉浆。为了防止煮烂，要用稻草或者苎麻线在肠子上打不少的结，灌好的肠再放进大锅里煮。等亲戚睦邻来割好自己看中的猪肉后，好客的主人已经炒好了好几个下酒杀猪菜：洗澡肉、血灌肠、瘦肉豆腐汤、爆炒猪肠、蒜炒猪肝……都是最新鲜的料头做成的菜肴。然后将自产的倒缸酒烫好，男人们围坐在桌边开始推杯换盏，满脸通红地说着这年猪的肥瘦以及今年的收成。小孩子们端着碗围着大人们眼馋着，出出进进，男人们会不时帮孩子们夹菜。因抢骨头，偶尔会发生狗咬狗的争斗，甚至小孩子被狗绊倒饭菜洒地、碗摔破，哇哇大哭……场景好不热闹。最后，女主人端上一大盘喷香的酸夏菜或者青菜，这场杀猪宴才收尾。

那时杀猪的屠户倒是有个优惠，几个人分那些猪血算是酬劳。但他们干活时的付出有目共睹：寒冬腊月，穿了单衣还热汗腾腾，好不辛苦。

现在的孩子常年难见杀猪，过年也不想吃猪肉了，一是因为引进了机械化杀猪，二是生活变好了，猪肉成了家常菜，不是什么求之不得的稀罕物了。

赶　集

我的家乡习惯把赶集叫成赶圩。故乡的老圩场就设在公社机关大门口。圩场名叫"盘塘圩"。长居老圩场的人是盘塘生产队的社员，还有些不知什么时候从外地迁来的手艺人或商人。我如今还记得，老圩场是一条约三百米的麻石街。那时街道两旁所有的房屋、商店一律是青砖、黑瓦、木门木窗，一层楼的为多（现在叫作平房），当然也有二层三层楼的，但比起现在表面还嵌上多种颜色瓷砖的高楼大厦来说，似乎显得太简朴太落后了。但比起旧社会那种残垣断壁到处可见，草房土墙比比皆是，房屋多为平房，楼房寥寥无几的状况，倒是进步了许多。

盘塘圩临街那些两层楼的底层，大都是前店后坊的各种铺子，其门板都是那种可以装拆的长条形木板。清早拆下，店门大开；夜晚装上，关门闭户。这种门虽不如现今的玻璃门、卷闸门方便华丽，但那种传统古朴的亲切感，照样引得前往光顾的客人络绎不绝。

盘塘圩与邻县的乱石镇圩场只有一江之隔。摆渡的七生老倌在这儿摆了大半辈子渡船。乱石镇逢圩的日子变了又变，开始农历逢二逢七，后来逢十，后来逢五逢十，后来又逢二逢七，最后是农历逢三逢六逢九。每逢圩日，七生老倌连收渡船费和吃饭的时间都没有，就叫来儿子、媳妇帮忙。永乐江镇至少有三分之一的村民就近到乱石镇赶圩。而赶圩的人大多爱在盘塘圩做点小买卖，好像这儿成了乱石镇的第二圩场，因为这儿价格实惠还不用交税。为了发展两地经济，方便百姓生活，永乐江镇就与乱石镇达成过协议，不分镇区为两岸百姓长期免费提供渡江专船，七生老倌就成了当地拿固定工资的工作人员。从此，这两个边界集市为两岸百姓搭建了便利的交易平台，集市也日渐活跃起来。

虽然盘塘圩的麻石街街面不大，但沿街的十多家小店生意火得很呢！你看，一家打铜的，两家染布的，三家缝纫的，一家剃头的，还有麻辣筒子骨切面店、本土鲜味快餐店、永乐江鱼类专店，还有两家做豆腐的……盘塘圩从前农历逢五逢十赶集，还有点闲日。后来，乱石镇农历逢三逢六逢九赶集，又免费过江，盘塘圩的麻石街就真的忙死人啦。你瞧那个肖铁匠，风箱一拉，炉火一旺，映得整个脸颊透红了，鼻子更红，活像青春焕发红光满面的后生仔。他对满屋争买铁器的乡亲们说，逢集日，真的忙得摸鼻子都没时间。而乡亲们一瞧他的鼻子，真的好像被炉火烤熟的样儿，红得要出血了。乡亲们就在心里说，像你这样的鼻子呢，好在没时间摸，如果摸，还担心"瓜熟蒂落"哩！

那个剃头的张师傅呢，面对排了长队的顾客，呵欠连天，没精打采，眼皮下垂，好像一辈子没睡过觉。只见他提着剃刀，将一个老人的头揽在怀里，老人的头坚硬得放光。剃刀在老人的头皮上唰唰唰地走，那响声真像削萝卜皮。那"萝卜"被"削"得眼紧闭、嘴咧开，流出了半尺长口水，好在老"萝卜"皮厚实，才没出问题。也有人担心，张师傅实在太辛苦，生怕他万一失手将老人的耳朵当头发剃了。乡亲们就劝张师傅先歇歇，换口气喝杯浓茶再剃，他们宁愿排队多等一会儿。

两家豆腐店也忙得像打仗。王三崽的好朋友余番贵家的豆腐店就在街西，而另一家在街东。店里大桶小桶、大缸小缸，拥挤得摆到了街边，店里终日热气腾腾，飘荡着浓烈的豆腐味。

记得盘塘圩场中心有一块洼地，周边是高高低低的房子、弯弯曲曲的街巷，中间的洼地随着季节变化，不规则地扩大或缩小。冬天，洼地变成了旱地，集市空间大些，夏天，洼地积了水，集市便会绕着水坑围成弯弯曲曲的圈。

集市按照所卖的物品种类，自动划分若干区域。卖衣服的，老远便看到一排排的挂衣服的帐子，上边横七竖八的竹竿上挂着色彩缤纷的大人小孩、男人女人的服装。这些服装摊点大约是二十世纪七十年代后期才有的，刚开始集市上的服装多是城里人看不上眼的，又土又俗质量也不好的货，可在农村集市算稀奇。后来随着时代发展，集市上衣服的数量越来越多，样式越来越新，已经跟城里的服装店没有很大区别了。紧挨着服装区的，还有布

那日子

匹、鞋子。小时候卖布的多过卖衣服的，那时兴手工制作衣服，无论男女老少，都可以买到各种花色的布料。布摊子旁边往往紧挨着裁缝的桌子，一摞摞的布料堆得越高，说明裁缝的技术越高，光顾的客人也就会越多。我穿过很多这样的裁缝做的衣服，有衬衣、裤子，甚至裙子。这个圩日送来布料，下一圩日就能拿到成品，很方便，也很便宜，一件衣服只需几块手工费。现在农村集市上，还能见到做衣服的裁缝摊。

集市上最热闹的是卖食品、蔬菜等的摊位。那些点心、熟肴，最得老人孩子的心。记得爷爷经常带我们去吃熟肴，一排排的炉子上，架着热气腾腾的大锅，旁边的盆里盛满了香气四溢的熟食、肉冻、肉汤，香气溢满整个集市。还有那金黄色的炸油饼、炸糕、炸麻花，现场制作，一阵阵香气扑面而来。红彤彤的冰糖葫芦，在阳光的照耀下，甜甜的糖汁闪着亮光，掘动所有赶集的人心里的馋虫。还有的炉子上烧着成排的壶，一把火能烧好几壶水，真是环保节能啊！赶集的，摆摊的，都到茶炉这里倒水喝，方便，温暖。集市上的点心不是一开始就有的，不记得第一次吃点心是啥时候了，只记得咬一口，糖水流到嘴里，那种甜蜜、舒坦、惊讶的感觉一直保留至今。

过年的时候，集市更热闹非凡。最热闹的要数鞭炮行当。从早上到晚上，那里一整天都是鞭炮声不断。各个卖鞭炮的，都使出看家本领，把最响的鞭炮拿出来，既是展示，又是炫耀。还有的鞭炮带着电光，除了声音的震撼，还有色彩的灿烂。晴天的时候看不到焰火，只能看到一缕缕白烟，一丝丝闪电，在集市上空划过。最畅销的当然是春联和窗花等。买春联，挑的是文字笔墨；买窗花，挑的是图案手艺；买"福"字，可就笔墨、手艺全在意了，有的"福"字，精心做成寿星、寿桃等图案，十分漂亮。还有花生和瓜子，这是必不可少的年货。一大排年货摊连在一起，人们从第一家尝起，抓一把拿几个，一边品尝一边品评。

赶集，赶的是一种乐趣，一种享受。平常很少见到戏班子演戏，但只要你常去赶集，便会见到常年下乡巡回演出的县花鼓戏剧团，也可以看到大队文艺宣传队被公社选送的优秀节目。一般演出场地安排在公社大礼堂，得花上一角五或两角钱买一张戏票才能入场。还有就是看外地民间艺人到集市耍猴。耍猴人拿根杯口大的长竹往晒谷坪里一竖，猴子呼啦一眨眼就爬到了竹竿顶部，观众鼓掌。铜锣一响，猴子蹦蹦跳跳围着竹竿团团转。观众鼓掌笑弯腰，大方的观众会甩下二分五分或一角钱，猴子则会多情地望丢钱人一眼，好像表示谢意，然后眼珠子一溜转，立刻从地上拾起钱，交给主人。

如今农村好了，超市、商场到处都是，吃的穿的用的玩的应有尽有，甚至购物不用逛街、逛超市，足不出户，用一部手机，在家动动手指，所需的货物就全部送到家，为我们的生活带来了实惠和便利。

扫 盲

"鸟无翅膀不能飞,人无文化好吃亏,若是出门走远路,有眼不识分路碑。"这是二十世纪七十年代初,我家乡流传的歌谣,它唱出了农民没文化之苦,也唱出了学文化的愿望。每年,草成垛,谷归仓,社员一下子清闲起来,此时,安在村子中央的高音喇叭会在播放一支歌曲以后,播出这样几句话:"从今天开始我们要扫盲了,地点生产队文化室。"

二十世纪六七十年代,全国各地的农村,每个生产队都修建了文化室。晚饭后,全体男女老少集中到文化室,听村小学老师或社员中能识文断字的人讲课认字,当时叫作"扫盲",真没想到从没踏进过学堂门的大老粗,这辈子还有读书识字的机会。为此,每个社员脸上既惊喜,又兴奋,显露出幸福感。

那时,国家百废待兴,各行各业急需有文化的人才,但当家做主的人民群众绝大多数以前是受压迫阶级,哪里读过书识过字呢,都是清一色的"文盲"。当时绝大多数的大队支书、生产队长只有一腔建设新农村的热情,斗大的字不识几个。逢到公社、县里开会学习,只凭记忆领会会议和文件精神,然后有头无尾、说了上句没下句地向群众传达。因此,提高全民文化素质,让各族人民甩掉"睁眼瞎"的帽子迫在眉睫。为此,全国掀起了全民大办夜校、轰轰烈烈的扫盲高潮。

当初的扫盲不是盲目从事,而是有组织有计划的。首先,农村扫盲必须符合农业生产实际和农民生活需要。为此,各级政府根据农村实际、结合农民生活采用了灵活多样的方法。为了配合当时的中心工作,各级政府从本公社、本大队的实际出发,制定出扫盲规划,当时各级统一安排生产、学习、开会的时间,有些地方规定,评分记工在地头做完,不占学习时间,学习文化课、政治课以及何时召开党团会议都作了具体的时间安排。尤其强调对农民识字课本的编写,比较流行的是"识字记工课本"。农民从自己的姓名学起,然后学土地的名称,各种农活、农具和牲畜的名称,以及记账格式。这由于贴近农民的日常生产生活,仅用两三个月的业余时间,就可以使农民初步掌握记账、记工的本领。为了统一领导扫盲工作,各地还成立了扫盲协会。

"以民教民"的工作方法解决了扫盲运动的师资问题。作为一场群众运动,单靠正式的教师和正常作息时间的教学难以满足在短时间内全部扫盲的艰巨任务。为了组建一支扫盲教师队伍,各级政府整合了当时的教师资源,据当时统计,全国业余教师队伍中,有七八百万是通过扫盲运动识了字的农民,大批投入农业生产的初中和高中毕业生也是一股很大的力量，此外还有一百多万农村小学教师。当时就是号召发动识字的人教不识字的人，使一切识字的人，包括工人、农民、市镇居民中识字的人，包括学校教员、高小以上学校的学生、国家机关和人民团体的工作人员都加入到扫盲教师队伍里。同时注意解决业余教师生活和生产上的困难。

扫盲的主要对象是青年，扫盲的依靠力量也主要是青年。扫除占农村青年百分之七十左右的"文盲"和"半文盲"，是实现农业合作化任务的一个重要方面，也是农村实现技术改革、使用大型农业机器的重要条件。为此，当时在全国农村掀起全国性的扫盲热潮，使扫盲工作紧紧跟上农业社会主义改造的开展。

扫盲运动打开了农村妇女自求解放的大门。妇女长期以来远离知识与文化，妇女的社会作用难以充分发挥出来。提高广大农村妇女的文化水平，不仅对解放农村生产力具有重要作用，还对提高劳动妇女的社会地位具有重大意义。为此，各级政府组织了妇女联合会作为领导妇女工作的机关，对她们进行思想宣传与文化教育。

说到底，扫盲就是让那些一字不识的社员接受文化知识的培训。在我们那儿一字不识的人被人称作"睁眼瞎"，可是像这样的睁眼瞎在二十世纪六七十年代太多了，十来口人的家庭里有三五个不识字的是稀松平常的事。当时听说生产队社员要参加扫盲学文化，村里顿时炸开了锅，一个个笑逐颜开，摩拳擦掌，跃跃欲试。原来他们都吃了不少没文化的苦头。村里有个裁缝师傅给人做衣服，衣服做完了，那人留下个欠条就走了，到了年底，裁缝师傅来到那人家里收钱，那人拿出一张纸条，阴阳怪气地说："谁欠你做衣服的钱？"原来那个人欺负裁缝不识字，写的竟然是欠款已还清的条子。

我伯母目不识丁，有一回赶集卖干辣椒时，因她自己看错了秤，把公斤当成了市斤，两公斤干红辣椒当成两市斤卖了出去。而干红辣椒一块八一斤，白白丢了三块六角钱。

当时，我正读初中二年级一期，十四岁，虽年龄尚小但也能懂些家庭事，母亲除了在集体地里挣工分，就靠每年出栏一头猪，再多种些菜卖来维持一家生计。母亲很能干，但却不识字，因为没文化吃了不少苦头。那时生产队里分钱分粮，每次都只能让读过小学二年级的父亲亲自核数盖印。

现在队里要办扫盲班，谁都不愿再当睁眼瞎，白给人欺负。年轻的一马当先，冲在前头；壮年的紧随其后，生怕落后遭人耻笑；就是那些爷爷奶奶，也有一些不甘寂寞来扫盲班凑热闹的。结果教室塞得满满的，连插脚的空儿都没有，怎么办呢？分班，轮流上课：老年社员头晚，壮年社员第二晚，那些年轻的第三晚。

世上三样狂，猴子、学生和绵羊。扫盲了，别看那些上了年纪的人一脸的老成，可是走进教室一点儿也不安分，有抽烟抠脚丫的，有低头讲话的，也有利用扫盲的机会就着灯光纳鞋底做针线活的。只有那些年轻的,也就是小伙子和大姑娘一个个跟小学生似的一本正经跟文化教员学习认字。遇到刚刚教过的字忘了,他们还会跑到黑板前面,指着黑板上的字问文化教员。文化教员要是看见一些社员不跟着他念黑板上的字,不跟着他念书上的字,就不高兴地说:"你们是来磨洋工的还是来学习的?你们要是来磨洋工的干脆回家。"这些人这才安分了一些。

记得当时我的祖辈、父辈和哥哥姐姐们每到夜里就自备本子、铅笔,夜饭后不约而同地集中到生产队的文化室识字。微弱的灯光下,墙壁上挂一面小黑板,大队小学的老师像教小学生那样,教父老乡亲认字。父老乡亲就面向黑板,看着生字,跟着老师,举起右手临空点数生字笔画,嘴里念着"点横竖撇捺",十分执着认真。

为了配合全民扫盲,国家还出版了《农民识字课本》。至今村里的老人还时不时回忆当时的情景,对夜校识字的岁月津津乐道,上夜校识字中发生的趣事被传为佳话。

许多村民识字着迷,干活的时候嘴里念念叨叨复述字音字义,强行记忆。一位姓刘的大爷给生产队喂牲口当饲养员(当时的"八大员"之一),赶牲口下江饮水时,在去江边的路上都大声念叨夜校学习的内容。

一个冬天下来,来扫盲班的社员也认识了不少字。可是没有比较就没有差别,不考试大家彼此彼此,没什么两样。要是让社员把在扫盲班学到的知识一一运用到试卷上,有人就疤眼照镜子——找难看了。结业考试了，两手捏着薄薄的一张试卷一筹莫展，东张西望的，有之；跟小学生似的用嘴啃铅笔，把铅笔啃得只剩个铅笔头的，有之。也有的干脆向文化教员提议："老师，能不能不写，光让我说啊？"原来这个社员光会认字不会写字，是个眼高手低的家伙。文化教员笑笑，点点头说"行"，就指着试卷的填空让那社员回答。考试结果出来了，要数那些一脸羞涩、手脚都不知放哪儿好的姑娘最优秀，高分出在姑娘里面，就连平均分也是她们的最高。

　　学生上学，老师要求不迟到不早退，有事要提前请假。扫盲班也是这样，一是一，二是二，每天晚上七点钟准时点名，一点儿不含糊。那时上级为了调动社员学文化的积极性，凡是不迟到不早退的都算出满勤，生产队记工分。每个晚上学习两个小时，记多少工分呢？我爸爸妈妈说一个晚上两个小时，每人记三个工分。白天干活，太阳晒，风儿吹，累死了，生产队也不过记十来分。扫盲得三个工分就跟用嘴吹灯似的不费什么劲，来得太容易了。所以爸爸妈妈一个冬天没落一个晚上，出满勤。只是在扫盲的社员中他们得的工分一般般，算是保底。因为他们结业考试挂科，连续补考三次才算勉强过关，而那些考得好的社员除了得到保底的工分，还有价值不菲的工分奖励。以前，墙上要是贴上一张写满字的纸，很少有人上去看看，甚至生产队会计公布每个社员半年或者一年的工分值，他们也懒得理。自从扫盲班进了村，社员一个个都跟换了个人似的关心那墙上贴的东西了，有的干完活还跑到村部要报纸,一本正经地看起报纸来,知道了不少国内外大事。

生产队大办夜校,通过识字扫盲后,许多父老乡亲能听懂文件内容了,达到了读报、记账的水平,有的还当了大队、公社干部,成为积极分子的代表。比如我们的生产队长,是个地道的土改干部,原来批社员递上来的条子,连"同意"二字和自己的名字都不会写。通过识字扫盲学习,他不仅会批条子,而且能通读一般的文件了。又比如,有位社员被生产队安排给秧苗治虫,由于看不懂农药瓶上的配药说明,结果虫没治住,反而把秧苗杀死了,自己还严重中毒被抬进医院,后来通过夜校扫盲学习,成了科学种田能手,还被公社评为识字扫盲优秀社员。

通过识字扫盲,生产队的社员们也能读懂相关的农业图书和小人书了。书都是互相转借或者交换着看,每本书都经过无数人的手,所以每本书都陈旧了,有的书封面都不见了,有的掉了几页,有的脏兮兮的只留下一截了。虽然书破烂不堪,但他们都如获至宝地蹲着看,坐在墙角看,看得津津有味。我至今还记得那些书分别是《社会主义科学种田》《快速养猪法》《耕牛怎样过冬》《常见农药和化肥使用法》《智取威虎山》《沙家浜》《白毛女》《江姐》《刘胡兰》《红灯记》《铁道游击队》《红色娘子军》等,我想,读这些书的人里头,多少会有些人,会换一个活法。

听广播

二十世纪六七十年代，农村有线广播设施很简陋，就是从县广播站扯一根电线（铁丝）到公社广播站，再从公社广播站把电线扯出来，送到各生产大队。因为农村经济困难，所以从公社广播站扯出的电线进到农户家里时，基本经历了三个阶段。

第一个阶段是从公社到大队。这个阶段比较好办，由公社负责，一根线扯到大队部。路上需要的线杆都是从公社林场砍伐的树木，笔直的电杆（树木）插到地下，能把铁丝固定在电杆上端就行。第二个阶段是从大队到生产队。有的大队非常分散，从大队到生产队最远的有几十里路，把各生产队的电线都扯上，这需要一笔开支，大队不是马上就能办到的，因此这个阶段被搁置了一段时间。第三个阶段是从生产队到农户家中。这需要生产队在本自然村扯上电线，经过各家各户或集中在同一院子的几户，自己负责把电线接到家里安上喇叭。因这笔开支是由生产队负担，生产队又没啥经济收入，只提供电杆（集体山上伐林木），又被往后推迟了一段时间。因此，农村有线广播从孕育到实现经过了好长一段时间，但不管进度快慢，政府要求村村通广播。

为什么要村村通广播呢，因为那时生产队没有电视，没有电话，没有收音机，传递信息主要靠有线广播，所以这对寂寞闭塞的山村，无疑是一件大好事。更可喜的是，这广播结构和安装也简单，只是一个状如海碗的磁铁纸圈喇叭，安装在一个长宽高分别约六寸的木箱里。箱子正面镂空为五角星或者闪电图案，全身用红油漆或者绿油漆涂过，挂在屋檐下。磁铁纸圈喇叭和木箱、安装都是免费的，因此每户或几户人家都有一个广播，传输信息的铁丝从公社机房翻山越岭而来，连起了千家万户。

农民究竟能听到哪些信息呢？

一是农民每天能听到新鲜事（新闻），特别是了解国家大事。一九七五年县委工作队在我们那儿驻村时说，小喇叭是党的喉舌，跟着它，我们知道了许多国内和国际上发生的大事，能及时听到党中央的声音，了解当时的国家形势。记得一九七〇年四月份的一个早上，《新闻和报纸摘要节目》开始了。当时大家都没有用心听播送的内容，突然主持人的声音停止了，随即出现了《东方红》的乐曲声，但又不是平时那种伴唱或者交响乐的声音，而是像笛子吹出的乐曲，很单调很特别，并且是一遍一遍地重复播送。等乐曲一停，播音员开始介绍了，原来我国发射了第一颗人造卫星"东方红一号"，《东方红》乐曲就是从卫星上传下来的。大家听了以后心里格外激动。这毕竟是我国在航天科技领域的一个重大突破，是全世界少有的几个国家能取得的科技成就。收听有线广播，让农民知道了啥叫新闻。

　　二是农民能听到党在农村的好政策，还能如实反映当前农业生产状况。当地干部说广播是一个很好的农村政策宣传阵地，要好好利用起来，于是经常利用农闲或夜里，有计划有针对性地组织社员集中听广播，当时叫田头广播。社员们也喜欢听"田头广播"，只要队长一声令下，无论是正端着碗吃饭的社员，还是手上做着针线活儿的社员，都静下来竖起耳朵听。我是每回必听的"广播迷"。听多了，我也学着把身边的事写成稿子，投给公社广播站，后来，我投给县广播电台。每当我听到广播里播出自己写的稿子的时候，心里那种高兴难以言说，于是对写广播稿越迷越深。休息时，我经常骑着一辆破单车出去采访，然后把采访到的材料写成消息、通讯、小故事，投给县广播站。让我特别兴奋的是我写的稿子采用率较高，我还多次被县里和公社评为优秀通讯员。

　　三是丰富了农民文艺生活，给农村枯燥的文化生活带来了生气。喇叭里每天要播送革命歌曲，播送样板戏，社员们不但听，还常常跟着学唱样板戏。有的因为年龄太大，唱到《智取威虎山》里小常宝的唱段"只盼着深山出太阳"时就唱不上去了，就改唱杨子荣的唱段。社员们借助有线广播这个平台，每天听，每天学唱，把全村搞得生机勃勃，你听——"朔风吹，林涛吼，峡谷震荡。望飞雪，漫天舞，巍巍丛山披银装，好一派北国风光。

山河壮丽,万千气象,怎容忍虎去狼来再受创伤……"这些有气势的语句让大家多么激动啊!

　　四是有效提高了政府工作效率,提升了社员生活质量。当时公社广播站每天早中晚播音三次。公社党委和管委有工作、会议通知时,也是通过有线广播往各村传达。有一个夏天,正值双抢天遇大旱,早稻收获后晚稻种不上,及时抗旱成了重中之重。一天中午,下了一场雨,但马上天又放晴了。为了消除干群麻痹思想,继续加大抗旱力度,公社党委书记亲自到广播站直播讲话,督促大家抗旱。

　　公社广播站按时播音,成了社员们的时钟,大家都用"广播叫了""广播结束了"来判定时间。播音前一般是高唱《东方红》,而结束时少不了《大海航行靠舵手》。广播的电线回路也是一根铁丝,直接埋在墙根下,称为"地线"。有时候喇叭声音低得听不见了,人们就给地线浇一碗水,声音马上洪亮起来。

　　单有小喇叭还不行,大队还搞了个简易广播室,又在每个生产队竖起一根高杆,或直接在村头的大树杈上装上一只高音喇叭。有了高音喇叭,熟悉而洪亮的声音就可直接灌向全村家家户户,耳背的老者都听得清清楚楚。

　　一九七五年三月,县委工作队驻村时,说广播是一个很好的宣传阵地,要好好利用起来,于是大队就把广播室的钥匙交给了我,让我利用广播,宣传表扬村里的好人好事,选读一些传达中央领导讲话精神以及其他有意义的报纸文章。

大队广播室陈设很简单,一个操作台,一把木头椅子,一张低矮的木头条桌。唱机是钢针式的,功放机是电子管的,开机后放着幽蓝的光,讲话前先得预热一阵子。一叠塑料唱片,除《东方红》和《大海航行靠舵手》,还有八大样板戏选场、选段等。广播室控制着全村的大小喇叭,平时喊人开会用高音喇叭,大队正式播音,念自家稿子时就全部接通,大小喇叭一起发声,社员们不听也得听。我不太会说普通话,喊人开会尚可,念稿子就有点官不官土不土,于是大队就从铁姑娘战斗队选出一名姑娘来念稿子,算正式播音员。

我家离广播室近,冬天早晨要用广播催社员们起床做饭。秋末冬初,收完庄稼,大地尚未封冻,是修大寨田的最佳时节,全大队统一时间出工。大队特别给我配备了一块马蹄表,每天凌晨五点半,我在闹钟铃声里爬起,睡眼蒙眬出门,冷风一吹才能清醒过来。抬眼看,满天繁星,一地寒霜。我跑步来到广播室,开机预热五分钟,然后先放一曲《东方红》。村子前、后、中三根高杆上的九只高音喇叭就同时响起"东方红,太阳升……"的歌声,惊天动地,社员们不管是在做美梦还是做噩梦,立马起床。放完《东方红》,我再喊:"社员同志们请注意,赶快起床做饭,赶快起床做饭!"连喊三遍,然后再放我喜欢的歌曲。

我管理广播室的几年里,有些歌听了大约有上百遍,真是深深地烙在了脑海中。一九七八年我荣幸地考上了师范学校,大队的广播只好转交别人。参加工作几年后我回到家乡,广播已经冷清下来。村里分了地，社员们各忙各的，不再需要吆喝出工，开会学习也取消，大小队干部也清闲起来。又过了些年头，高音喇叭被摘下了，家家户户屋檐下的小广播也废弃了。当有线广播在农村普及一段时期后，黑白电视、彩色电视相继走入了寻常百姓家。这些不仅能听见声音，还能看见人像，确实比有线广播先进多了。

戏班子

在生产队那阵,平常很少见到戏班子演戏。但只要你常去赶集,便会见到常年下乡巡回演出的县花鼓戏剧团,也可以看到大队文艺宣传队被公社选送的优秀节目。我们大队文艺宣传队常演的是《智取威虎山》《沙家浜》,有时也演《刘海砍樵》。我们生产队里就先后有四人曾经参加了大队文艺宣传队,其中一个不识字,只会拉二胡,还是乐队的骨干。邻近大队也有演《沙家浜》《红灯记》的。

二十世纪七十年代初,公社没有剧团,只在每年年底组织各大队集中会演,然后评出一两个优秀节目,参加县里的会演。而大队剧团也是业余的,文艺宣传队的演员,一般利用冬闲或晚上开始排练节目,直到演出前的半个月才整天集中排练,由生产队按出勤记给工分。那时农户家中连电都还没有通上,电影放的也少,偶有放也是配带发电机。业余剧团演出时,全靠汽灯或松明,简陋的设施和简单的演出,纯粹是那个年月文化生活贫乏的自娱自乐。

虽说是自娱自乐，但大队组建剧团很认真。比如，挑选剧团负责人，一般都得由一些能人担任，起码在某些方面有一技之长，要么能写个小戏，编个唱词，谱个小曲，要么能演奏些乐器，并且要有号召力和组织能力。

而物色演员呢，也被当成了剧团的大事，演员不光要形象好，而且要脑壳活泛，还得有一副铜铃般的嗓子和一定的表演天赋。女演员一般都很漂亮，在大众场合不怯场。可以这样说，女演员的形象代表着一个剧团的脸面。当然男演员也应该长相英俊，个别个儿矮且五官不正的只能做配角或丑角。演出道具、服装也是土法上马或由村里置办。

那时排练节目的地点大都在大队学校或大队部，排练时间一般是在农闲的晚上。白天演员同社员们一起参加集体劳动，收工回家后吃罢夜饭洗个澡，换下衣服就聚拢在一起。虽然没有什么报酬，可演员很自觉，到排练时，不要任何人招呼。排练中，大家十分认真，一句唱词、一个动作都不敢马虎，有的排十多遍、二十多遍的都有，直到熟练了才肯罢休。

排练的节目很老套。常常是表演唱开始，紧接着就是三句半、顺口溜、快板之类的曲艺节目，最后压轴的就是湖南花鼓戏，《打铜锣》、《补锅》，还有《梁山伯与祝英台》等。记得大力宣传统一学唱样板戏的那一年，我们大队业余文艺宣传队也排起了样板戏。但急需一个拉胡琴的，我有位表哥被剧团选上了，原因是他懂得一些简谱知识，能拉两下胡琴。团长从县花鼓戏剧团弄回曲谱，让我表哥帮着教乐谱和唱腔，甚至让表哥学拉"呼胡"——这呼胡有点像二胡，但共鸣箱是个碗大的半球形的槟榔果壳，背面镂刻成绣球状，正面琴皮是一块梧桐木薄板，琴杆、琴轴都比二胡粗大，两条琴弦也粗。尤其是那张琴弓分量特别重，由两块寸许宽的厚竹片扣合着粘在一起弯成，那弓弦的马尾束比筷子还粗。别看它样子笨，但发出的声音却特别浑厚、响亮，远远超过文场其他乐器。

剧团排演的第一部戏是《红灯记》，李玉和、李铁梅、李奶奶、鸠山几个主角的表演都相当不错。团长扯着嗓子宣布："演员们注意！乐队准备！排练开始！"开场锣鼓咚咚锵锵响了起来，"李玉和"上场亮相……排练是非常认真的，哪儿出了错，团长马上叫"停"，纠正后再排下去。顺利时到十二点，不顺利时得排到一点钟，但也以一点为限，再迟了怕明天误了出工。

宣传队巡回演出时，接待也简单，不需办宴席。因为正月里肚子都实落，演员们不在乎吃什么。每到一处，他们或站或坐围两席，喝杯热茶，尝个糯米糍粑，再啃点花生、兰花根什么的就够。可乡亲们往往太热情，剧团每到一地，那里就有了生气，乡亲们就会热闹起来忙活起来，杀鸡宰鸭摆上几桌，对剧团说这机会难得难得，辛苦辛苦！有一位生产队长发自内心说："早两天听说你们要来，全队社员乐开花了，都愿意为你们忙上几桌。这年头看戏，一年难得遇上两回呢！"

那日子

演出也简单，演出地点通常选定在打谷场或能搭开舞台的空阔地带。两盏汽灯或松明灯悬挂在舞台的两侧，把整个演出场地照得亮堂堂的。无须搭台，不必化妆，顶多从会计那儿拿瓶盖章用的红印油或墨汁，往脸上一揩，就成了红黑花脸。锣鼓一响，大伙就围拢来，算是开演了。孩子们知道要演戏的消息后，早早地从家中搬来板凳，或从柴垛上扯下一捆稻草抱来，给大人们占个地方。天完全黑下来后，演员们也吃完夜饭了。此刻锣鼓响起来，演出马上开始了，大人们也都急忙地赶来，喊着叫着找寻自己的孩子。开演半小时，演出场地热闹得不能完全安静下来。受演出条件限制，没有字幕机、音响，演员的嗓音和吐字清晰程度决定演出的效果。演员们由于平时排练肯下功夫，演出时唱念做打都能拿捏得恰到好处，每场演出都很顺利。即使有演员忘词，聪明点的或反应快的演员借助乐器和花鼓戏的腔调也能掩饰得滴水不漏，观众还看不出瑕疵。

记得《红灯记》演出那天，村子里四处贴出了通知，观众们早早就到场了，现场挤得满满的。没带凳子的孩子们被大人挡得看不到，有的站在高地，有的骑着土墙，有的爬在大树杈上，村里不得不出动民兵来维持秩序。平时看起来土里土气的后生、闺女，化了装一上舞台，还蛮像回事儿，除了武打功夫不太行，感觉不比专业剧团差太多，演出得了个满堂彩。

那时乡村里没有电视，电影每年才一回两回。自从有了剧团，至少逢年过节，总得演上两场。乡亲们爱看戏，听说哪个村子演戏，哪怕十几二十里也成群结队地赶去看。村与村相互看戏的人多了，回到本村，就都成了义务宣传员。因此，剧团名声渐渐大了起来，常有邻村为庆贺本村主办的某项重大活动，邀请剧团去演出的。为此，剧团就不光在自己的大队演，还要到周边的大队或生产队演出。这样的演出，一是能吸引外村剧团的新鲜节目，让观众大开眼界；二是能让剧团本身取长补短，交流经验，进一步提升演出质量。可以这样说，乡村剧团在那个年月对于丰富村民的文化生活发挥了举足轻重的作用。

虽然那时新戏少，戏服太陈旧，道具有点土气，但业余剧团始终有一种魅力，在乡村产生了深远影响。各大队和生产队都有一批热衷于文艺的追崇者，他们对大队业余文艺宣传队满怀向往，期待有朝一日也能参加。购置乐器缺钱，于是，那些追崇者就土法上马，锯一节竹筒蒙上蛇皮，扯上几根马尾拉一张弓，削两根牛筋当琴弦，就算制成了二胡。再锯一段小竹，钻几个洞眼，蒙上竹膜，作为笛子。或干脆摘一片树叶、一节禾秆含在嘴里，便能吹出像模像样的曲子来。每到农闲之时，他们便会围在一起，吹拉弹唱，好不快乐……

露天电影

我的家乡离县城近一百里地，是湘南一个典型山区。那年头，村里人一年难得进城看一回电影，整天闷在山里日出而作、日落而归，重复着吃饭、干活、睡觉三部曲，过着冗长而枯燥的日子，唯有放电影了，山里氛围才能活跃几天。

那年头社员的文化生活贫乏，三五个月或一年半载才能看到一次县电影队或公社电影小队放映的露天电影。由于晚上没有事情，一样的影片，年轻人往往跟着电影队到邻近的几个大队连续看几个晚上还不过瘾。如果遇到喜欢看的好片子，会不辞辛劳地跑到十多里外邻近的公社去看。

我们公社有一个拿工分的放映队，用老百姓的话说，是泥腿子电影队。放映队有三个人以及一部靠电动机发电的小型放映机。他们在全公社十三个大队和六个人口集中的自然村轮着放电影。由于居住分散或其他原因，一般一年才能轮完一次。因此，大家对放电影看得特重，每次轮到放电影时，公社会提早十天半个月通知大队或生产队,各家各户会提前两三天邀请三亲六朋前来观看,并备足酒菜大搞卫生如同过年。那放映队的几位师傅呢,这村接那村送的,令人羡慕不已。

那时放电影,一般选择在晒谷坪或空阔地带。庄稼起收后的场院比较平展、空旷,可容纳下很多人观看。在空阔地带放电影的幕布只能用两根树干支撑起来,用四根绳子拴住幕布的四个角,牢牢地捆住,把幕布扯得平平展展的。此时放映员在幕布前约二十米远的地方,选一块平整的地面摆好桌子、条凳,然后从绿色的木箱里依次取出播放机、转片等放映器具,就算是一个简易放映的平台了。电影场内,在灯光的照射下,四周一片透亮。而周围房屋的院墙上,黑压压的人群中,人们或者三五成群地耳语,或者在场内不停地转悠,寻找一处最佳的观看点。在幕布前约二十米处,早被家在近处的人占据了。他们捷足先登,拿来了事先准备好的板凳椅子,放在人群中间的平地上,凳椅上站满了孩子。场后面,有站在自行车后架上的,有站平板车上的,有坐在周围墙头上的,稻草垛上、树杈上的大多是来得最早的人。这些位置在高处,视觉效果最佳。来迟的人只得站在人群边缘,踮脚翘首还是看不清楚。

记得一个深秋的日子,久盼的电影轮上了我们生产队,队长特地安排大伙早早收工,早早回家做饭,早早吃饭。正读小学三年级的我,也高兴地早早做完了老师布置的家庭作业。舅舅和姑妈们都早已赶来我家等电影看,爸爸破例备了土酒杀了鸭,妈妈还炒了黄豆和瓜子,说是看电影时吃的。我忍不住跑出门外告诉同伴,说放电影真好,有好看的又有好吃的真比过年还要好。

天刚一黑下来,整个电影场地就热闹起来了,那些花生瓜子和黄豆放在衣袋里都忘了吃。因为此时对于我们这些小伙伴来说,最关心的莫过于今晚所放的电影内容了。一看到放映员过来,都会凑过去千方百计地打听放什么片子。其实不管放什么片子,我们打听到片名时都会很兴奋。电影快开始时,周围的场地基本上已经被围了个水泄不通,一片熙熙攘攘。放映员打开放映机开始校对银幕时,现场会引起一阵小小的骚动,每当此刻,也是我们最为激动的时刻,因为这意味着电影马上就要开始了。

几分钟后,只见银幕上枪林弹雨炮声隆隆,放的是《地道战》,场内一阵躁动,"地道战"三个大字飞闪出来了。大伙紧张地看着,中途八路军和日本鬼子展开了一场生死搏斗。我看不出门道来,只是时而跟着大人们拍掌,时而随着大人们流泪,时而靠在妈妈怀里问那些老百姓的村子房屋,被日本鬼子抢光烧光了,他们住在哪里啊,会冻死饿死吗,时而拍着爸爸的大腿问,八路军还会来救这些穷人吗,有时问着问着,电影没放完,我就不知不觉歪在妈妈怀里睡着了。

后来我稍懂点事了,简直成了电影迷。邻村尽管要走几里甚至十多里山路,但只要有电影,每次必到。开始我央求父母带我去,后来父母厌烦了,不肯带了,我就偷偷跟着村里的姑婶阿姨去看,那时条件差,几个人共用一个手电筒,有时还得靠点着松枝照路呢！有时我也和小伙伴们不约而同地结伴儿一同前往。一路上，黑漆漆的夜路坑坑洼洼，又下着小雨。大人们大多拿着手电筒照明，顺着忽明忽暗的光亮才能看清路面，不至于脚下一滑，不小心跌落到水沟里，或是撞在隐藏的大石头上。有时还遇上别村人同路，不管先前认识的还是不认识的，人们都在夜里传递着温情的信息，以手电筒的光亮，相互扶携照应着匆匆赶路，像一支自然组成的队伍，来到了放电影的地方。

有时去晚了，我在光亮处东钻西跑还是够不着地界，急得抓耳挠腮，最后还是由一个脖子上架小孩的大人放下自家孩子，把我举起来放在前边挤出一小块地方的平板车上，和车上的孩子们一起观看。随着放映员不紧不慢地操作，桌子上的胶片轮子慢慢转动起来了，发出刺啦啦刺啦啦的响声，那时听起来，觉得真是世上最美妙的音乐，最难得的一顿精神大餐。

现在我还记得《渡江侦察记》《奇袭》《铁道游击队》《小兵张嘎》《地雷战》等电影的主要情节。电影看得多了，我就学着大人给同伴讲电影里的人和事，渐渐地分清了谁好谁坏，谁善谁恶，谁该死谁不该死。渐渐地，幼小的心灵受到正义的感染和熏陶，也很大程度上影响了我日后的价值观。

对于一些年轻的小伙子、小姑娘来说，看电影就是醉翁之意不在酒了，他们借着看电影的名义来个约会，躲在黑暗的角落里偷偷地亲热上一会儿，则又是另外一种甜蜜……放完一卷时，趁着换片的间隔，好奇的人就站起来，伸出手在放映机前做出一些奇形怪状投到银幕上去，自个儿好不得意。

然而，最让人郁闷的是正看着电影天忽然下起雨来，不看吧，又不舍，继续看吧，会把自己淋得够呛！夏天还好，淋湿了只当是洗个澡，冬天就不行了。因为看电影而被淋成落汤鸡的事我们没少遇上。记得有一次，为了看电影我连晚饭都没顾上吃一口，正好那天晚上电影刚开始不久天就下起了小雨。因为不舍我就一直在那里淋着，但是时间长了就不行了，电影刚放到一半时我就被淋透了，又冷又饿的我实在是撑不下去了，于是只好依依不舍地跑回家去换衣拿伞……

时过境迁，遥远的乡村电影已经不可抗拒地从人们的视野中消失了。人们没有了翻山越岭风雨无阻求看电影的艰辛。生活好了，人们文化生活日渐丰富多彩了，乡间露天电影早已被电影院和电视所替代。然而，那热闹的情景，那有滋有味的乡间露天电影情结，那淳朴的乡间风情，仍令我记忆犹新。

等了几十年的梦（代后记）

敲定《生产队》最后一个字，我头晕目眩，疲惫极了。晕眩中欲霸蛮（勉强）立起身，伸伸腰背活动活动，突觉眼前一黑，腰身一歪，要不是随手抓扶身边的电脑桌，差点倒下。我只得迷迷糊糊趴在电脑桌上休息一会儿……唉，毕竟是越花甲而逼近古稀的人啦，真是岁月不饶人啊！你瞧，从前每完成一部作品都感轻松舒适，脑壳里激情澎湃地消化这部又有了那部，而如今呢，慢慢腾腾如挤牙膏，"挤"完之后全身不适，江郎才尽再难挥刀。最大的心愿是作品成书早日跟读者见面。

回想起我崎岖的创作之路，不知是欣慰还是遗憾，不知是庆幸还是后悔。自从在校刊上发表第一首不是诗歌的诗歌算起，至今我写作四十六年了。我写作起点极低，最开始呢，只能写点好人好事表扬稿，有人就笑我骂我，说本来是件好人好事，经我一写就不好了，文章从头至尾狗屁不通乱喊口号。听到如此评价一般人会不高兴，可我却愈听愈舒服，因为这说明有人在关注我的业余创作。若是好歹不视，反会令我不安。

所以，我像深受莫大鼓励似的继续写，干脆来点文学味。写三句半、顺口溜、快板书、对口词、民歌笑话和民间故事之类，仍旧喊口号且越喊越多，越喊干劲越大，我以为读者这回又要生气骂人了。可预想不到的是，读者这回没生气，没骂人，也没埋怨，反而说我的口号越喊越好了。说得我脸红一阵白一阵，心想这不会是在嘲笑我吧？

我继续写。且试着写小说、写散文、写报告文学。写呀写，三天不写手生呢！不知不觉打动了报刊编辑，隔三岔五有新作发表。这回那些说我喊口号的人竖起了大拇指——好啊好啊好多了，有点作家样子了！有的干脆直呼"作家"，呼得我心跳脸红。常言道：三十而立，四十而不惑，人到中年万事休。真没想到，我临将知天命的人了，还能勉强当个作家，跻身文坛滥竽充数。

我出生于僻壤山村，祖上世代为农。回忆起来，我爱好文学起源于家庭的熏陶。我爷爷和我的母亲，可以说是我的文学启蒙老师，有很多作家在讲述自己的创作经历时，总会提到童年时读过很多书，《红楼梦》啦，《三国演义》啦，《西游记》啦，等，可我不仅沾不上这些古典名著的边儿，从小学到初中毕业，读文学作品的机会都很少，一是因为那时农村文学书太少，很难见到，二是因为太穷困买不起书。

记得我六七岁时，我爷爷已经六十多岁了，爷爷虽没踩过学堂门，可他爱讲故事，记忆力特好，一讲老半天。我们去山上砍柴需要走两三里山路,他嘴像放连珠炮一样,一直"放"到山上还没"放"完。爷爷最初给我讲的大都是些民间传说,什么《神仙的脚印》《寡妇的铜钱》《两老庚喝酒》《两屠户争妻》,什么《蠢子和姑娘亲嘴》《书呆子呷牛肉》《毛子金打铁》……讲得活灵活现、栩栩如生。后来爷爷给我讲的故事就更多更生动了,什么刘关张桃园结义啦,什么孙悟空大闹天宫啦,什么白娘娘勇盗草啦,什么牛郎织女七夕鹊桥相会啦。记得那年暑假,父亲又要我陪爷爷砍柴,天气炎热,毒日头晒脑壳,我本想偷闲,可一想起爷爷会给我讲故事,就毫不犹豫地去了。一路上,爷爷讲起了唐僧师徒勇奔西天取经的故事,有孙悟空大闹天宫、猪八戒挥耙斩妖等,爷爷讲得流畅自如,滔滔不绝连脚步也加快了,好像是忘记了自己那双青光眼。而我听得津津有味,心浪翻腾,时而跑到爷爷跟前,时而转翻到爷爷身后,手舞足蹈就像个孙猴子,差点将爷爷叫成唐僧师傅。我猜不透爷爷肚里的故事到底有几箩几车,恐怕比他腮下的白胡须还要多。

母亲虽没有文化,但很聪明,她说起话来幽默风趣形象生动,简洁干脆颇有文采。我蹒跚学步时,母亲说:"这乖孩,一斜一歪像喝醉了酒。"我小时爱哭,母亲说我"哭得像个刘备"。我吃饭常爱抢大碗,母亲就说我像"张飞猛子"。冬天我不肯添衣,母亲就说:"快穿上,寸草遮丈风!"也有很多通俗易懂的儿歌,出自母亲之口,比如"打巴掌,扫禾场,蒸缸酒,过重阳。重阳美酒桂花香,奶奶喝了眼睛光,弟弟喝了进书房,爷爷喝了买糖糖，买起糖糖哄老娘，哄起老娘洗水缸"，还有"月光光，紫光光，凿子树，好装香，今日拜，来日拜，拜到来年砌石阶，石阶多，敲菠萝，菠萝荷包包菱角，菱角尖，尖上天，天上掉把刀，给我砍柴烧"，还有《蔬菜十子歌》："一子尖尖（笋），二子拳拳（蕨），三子三把伞（菌），四子四把龙船（峨眉豆），五子殷殷红（茄子），六子红艳艳（辣椒），七子双对双（豆角），八子一身疮（苦瓜），九子毛茏茏（冬瓜），十子圆冬冬（南瓜）。"这些儿歌我当初会背而不明其意，现在回忆起来，母亲却是我的第一个语言老师，不知她从哪儿听来的，对我后来从事文学创作启发颇大。一九七七年恢复高考，在希望的田野里我看到了更大的希望，目睹一批批莘莘学子兴高采烈跨入大学中专门槛。我先是羡慕，继而在心中发出呼喊，我要上学我要继续读书。一九七八年正逢全县招考民办教师，大队支书最后说：好吧！就给你一次机会吧，但考试之前不能影响工作。

还差两个月就是考试日，我分秒必争发狠读书，每晚坚持到两三点甚至到天明，第二天同样参加劳动。因为我明白：唯有改变工作环境，才有更好的创作环境；唯有保障生存问题，才有可能文学创作。同时我也明白，意欲改变生存环境，追求理想，做好眼下工作十分重要。从此我因无法顾及文学创作而彻底停笔。

有幸的是，考试揭晓我榜上有名。大队支部获悉后欣然支持，并决定同意我弃农从教，但还要继续兼顾生产队工作半年。

那时的民办教师每月只有五块钱生活补助，生产队记工分。

我最大限度地利用这五块钱购买基础书籍。我万分珍惜这份工作，除了出色地完成教学任务，我还发狠学知识钻业务。当一年教师如同读了一年书！我和学生一起进步，四年后我以优异成绩考取永兴县第一批自然补员录用的国家教师。"饭碗"问题解决了，这碗"饭"一吃就是十四年。十四年中，九年的中学语文算是习了点功夫，为搞文学打下了一点基础。于是我暗下决心重操已停止多年的旧业，朝着自己认定的文学目标再次奋力。

然而，写作也不是说写就写、一朝一夕的事情，必须日积月累下真功夫。每每外出或下乡，我一本笔记本随身带，新鲜事、离奇事，一句土语，一则笑话，一个动作，一个脸型，有了就记，回家就写，写好就投稿。零零星星的时间，拼出长长短短的文章，实实在在的情感，用实实在在的句子写出来，哪怕编辑一时不买账，作为人生轨迹，作为自己心灵的写照，也是一种自我安慰吧！有了这个想法，工作之余，我就关门闭窗写啊投啊，投啊写啊，没有停歇！

我想起一年夏天，生产队里双抢大忙季节，劳累了一天的我突然来了灵感，花两分钱从代销店买了四张白纸，裁成十六开，一篇两千多字的小说写到通宵。清晨，我好想睡上一会儿，无奈老队长无情地敲响了我的睡房门，说年轻人别偷懒，你看日头几竿高啦，快去抬打谷机，今天到老虎垅里杀（割）禾，人家都在路上啦！老队长那敲门声和催促声，至今仍在我耳边回响。

老虎垅离村里三四里山路，我半睡半醒抬着打谷机，半途突觉眼前发黑,想呕吐。刹那间,天旋地转轰的一声人倒了,打谷机重重地压在我的左脚上,同路大伙见我脸色苍白唇皮发黑,就背我回家。母亲见了,扯起衣角不断地擦泪:"崽呀,别看书了!那几本书早该丢了,别霸蛮,命要紧啊!"

母亲的话令我心酸,她一日三餐两餐食红薯,而奶奶长期病重连块砂糖都买不起,靠着两块酸萝卜送苦药下肚,我流着眼泪心里在呼喊,谁叫我这般命苦穷困潦倒啊,谁叫我是农民的儿子啊!

那年头,高中毕业后没有考中专、考大学的概念。我走出那个"最高"学府,只好随大流回乡当了农民。

当初十六七岁的我,似乎还不懂规矩,有点自由散漫。蹲点的工作组长老廖就给我讲道理,没想到,可还真管用,我开始上进,不久,我当上了生产队长。

回村劳动并没有让我停下文学的梦想。有一年,双抢大忙分组"突击"农活,我和花嫂被分为同组,花嫂递稻谷,我踩打谷机。我睁大眼用猛力,不料一粒毛谷溅入眼内,我奇痒难忍痛苦不堪,好在花嫂急中生智,听村中老辈说,异物入眼内,用奶水及时冲洗效果好,花嫂急忙将我拉至一旁,红着脸儿撩起衣衫,线丝般的乳汁射入眼内,我顿觉一阵清爽,舒服极了……二十年后,我激情涌动地把这个刻骨铭心的情节写成一篇题目叫《想念花嫂》、近两千字的散文寄到《郴州日报》副刊部,很快发表了。不久这篇散文又被《现代家庭报》转载,我高兴了好几天。

二十世纪七十年代初,我们生产队有位姓廖的公社干部来驻村。老廖身材高大性格耿直,为人处事铁面无私,加之那阵子公社干部威信高。老廖说话像打雷,两只眼一瞪,村中大人见了脸红心跳,小孩见了远而跳之。记得有一回,我弟弟为买一个新书包,缠着父母又哭又嚷在地上打滚不肯上学。突听邻居大婶说老廖来了,我弟弟立即爬起来,从屋后门开溜上学去了,再也不提买新书包的事了。

多年以后,老廖的声音总在我耳边响起,老廖的形象总在我脑海里挥之不去。我提起笔来,一口气写下两千多字的小说《老廖来了》,试着投寄出去(记得那时寄信只要八分钱,我是趁赶集坐大队运化肥的手扶拖拉机去公社投递的),没想到不出半个月小说就在《郴州日报》刊出,后又被省级刊物《文艺生活》转载。

村里常见一些陌生不陌生的外地手艺人转悠,他们说是当地外派抓副业的,比如油匠、铁匠、木匠。想起他们的事迹,我灵感大发,九千多字的短篇小说一挥而就,写完寄到郴州和北京。不久,《郴州作家》和《北京文学》相继刊出。《北京文学》执行主编杨老师打来电话,说你是何永洲吗,你的小说《牙花床》我们看了感觉不错,生活气息很浓,应该这样写,今后多写,常来稿。之后,《北京文学》又发表了我的小说《杨癫婆》和散文《捕鸟记》。

就这样,我坚守初衷,贴着熟悉的人和事写。因为我没有科班的技巧培训，缺乏应有的文学素养，所以我只能写自己亲历过的、难以忘怀的东西。我写的大都是第一时间、第一场景和第一感觉，原汁原味，原色原貌，全是一些生动的形象和熟悉的声音，它们常在我脑海里打架。时间越久，我越有满肚子的话不吐不快。特别是生产队那年头的生活和工作，在我脑壳里憋了好多年，唯恐憋成大病。于是，有了《生产队》这部书。

我有时想，费了大半辈子搞创作，写来写去写得脸如黄土、身如枯林，驼背哈腰窝囊度日，山上的果树是因为硕果累累才驼背哈腰，而我枯木一棵连花都不开呢！捉襟见肘举家值钱的东西只剩两个书架和数千册书，这难道也算一种事业？是在干一番大事业吗？

然而，说归说，写归写。文学这东西就如神魔般始终缠我不放，就像有些文友所说的文学创作纯粹出自个人热爱。翻开文学创作档案令我吃惊，自从一九七五年开始至今，我的创作生涯四十多年了（中途停止三次，共辍笔九年）。

四十多年来，我工作变了，环境变了，生活变了，唯独对文学的痴情没变。每每夜深人静时，我独坐书房，面对自己长期用心血积累的八千余册书，就如检阅千军万马心驰神往感慨万千。多少人间的哲理，多少生活的真谛，多少美妙的感情和纯美的心灵，将在书中静心领悟、消融和升华。自己参加工作四十一年而荣退，四十一年啊！时间不算长可也不算短。面对光怪陆离的社会，面对灯红酒绿纸醉金迷，面对瞬息万变的浮躁时尚,我没有低头,没有叹息,没有羡慕,没有后悔,我坚守初衷,痴心不改。

感谢广西人民出版社的赏识,使拙作得以出版,《生产队》问世,圆了我几十年的梦!

何永洲

二〇二二年春